《人妻夢迴》

《人妻夢迴》
作者：南方客

中文電子書於 2021 年由電書朝代製作發行
中文紙本書於 2021 年由美國 Ingram Content Group
旗下之 IngramSpark 隨需印刷，推廣銷售
電書朝代 (eBook Dynasty) 為澳大利亞 Solid Software Pty Ltd 經營擁有
網站：http://www.ebookdynasty.net/
電郵：contact@ebookdynasty.net

目錄

《人妻夢迴》

《人妻夢迴》

第一章

　　又到了星期一早晨，李欣固定在六點十分起床，忍著呵欠，在黑暗中拿起衣服和皮包，剛打開臥室門，就聽見床上的志傑在翻身，粗重的喉音睡意朦朧地叮嚀：「等妳回來啊。」李欣只是簡單地「嗯」一聲，隨即關上門，輕輕悄悄地穿過走廊，到客廳去換衣服，免得進一步吵醒丈夫。

　　他們的公寓很小，只有兩房一廳，單憑志傑當個小業務員，實在無力換大房子。有時候志傑會抱怨牆壁單薄，總是被鄰居吸塵打雜罵小孩的聲音吵得不得安寧，他自己看電影的時候稍微把音量調高一些，鄰居就會敲牆壁抗議，李欣也只能勸他想開些，等將來賺了錢，要買牆壁多厚的房子都可以。每到這種時候，志傑就會把她抱在懷裡，歉疚地說自己沒出路，無法讓她過好日子。每到這種時候，李欣也總會安慰地倚著丈夫，要他沉住氣，自己嫁給他無怨無悔，兩人一起打拼，總有出頭的一天。這些話總是能讓他感覺好過一些，之後也總是以夫妻上床收場。

　　李欣穿好牛仔褲，套上權充制服的黑短衫，坐在沙發上穿球鞋，一面想著志傑的那句「等妳回來」。三十六歲的男人了，精力依然旺盛，碰到景氣不好，沒被公司解雇，只是減少工作天數，每星期上班三天，算是非常幸運了。星期三到星期五，他興致勃勃地出門，因為有挑戰而鬥志高昂，到了星期五下班回家，面對星期六至下星期二，整整四天的無所事事，總是有些垂頭喪氣，又得給自己找事做，對她的需求不免就多了起來。或許他想證明自己雄風依舊？又或許他只想尋求慰藉？無論如何，他的在家，多少能讓她心安，結婚五年了，至少他對她還有依戀和渴求。

　　為了添補家用，三十二歲的李欣在住家附近的蔬果店找了份雜工，每天早上六點半到八點，在店裡洗刷整理各種蔬菜，摘除爛老或有蟲蛀雜斑的菜葉，把新鮮嫩綠的貨品在陳列架上排好，然後把垃圾拿到店後的塑膠桶存放，倒不知店家要怎麼處理。有時候挑出品質不是太好卻還能下鍋的蔬菜，老闆娘也會讓李欣帶回家，免得浪費，讓她省了不少菜錢。對於這份慷慨，李欣總是感恩在心，和老闆娘也逐漸成為朋友。

老闆娘名喚陳玲亮，確實也是明亮開朗的個性，有時候碰到志傑不上班的日子，看李欣過了八點還在整理蔬菜，就會開門見山地提醒她，該回家啦，老公在等呢。李欣總是笑笑，心中不免埋怨自己當初求職時為什麼要提起志傑每星期只工作三天這件事，但知道這個朋友只是出於善意，多少也是羨慕他們夫妻情深吧。陳玲亮的丈夫林山崗於兩年前患癌症過世了，她一個女人撐著家業，確實滿辛苦的，街坊鄰居也都願意光顧蔬果店，以實際行動表示支持。有時候，李欣真希望自己能像陳玲亮那樣獨立，頂天立地，直來直往。

此刻的李欣關上家門，往蔬果店走，一面可以感受到下腹的悸動。她知道丈夫會在她離家後起床上廁所，回房的時候順手開抽屜拿領帶，然後脫得赤條精光，回到床上半睡半醒地等著。等她八點十分回到家，把門鎖好，放下皮包，脫掉鞋子，穿過走廊，進了窗簾深掩的臥室就開始在黑暗中脫衣服，躺到床上的時候已然是裸體了。志傑會在這時候拿出枕頭下的兩條領帶，她也會配合地躺到床中央，讓他把她的手腕在床頭鐵架上綁好，然後趴到她雙腿之間。兩人默不作聲地動作著，直到志傑的喘息逐漸急促，最終在她耳邊呼出一口大氣，整個人也癱壓在她身上為止。

這就是所謂的例行公事吧，每星期四天早上都是這種儀式，碰到志傑工作的那三天則換到晚上，等李欣忙完家事，洗完澡，上床的時候照樣是領帶伺候，事後他睡著了，她又去浴室再清洗一次。唯一的變更在於，志傑工作的那三天，晚上總會要她趴著，手腕綁好之後就跪起來，臉貼著床，讓他從背後來。他沉沉地壓在她身上，雙臂環著她，一手揉捏她的乳房，另一手愛撫她的陰道，直到她濕透了，才一鼓作氣地勇往直前。她扛著他的體重，感受他的力道，心裡想，這就是夫妻吧。

李欣站在貨架前挑揀蔬果，手裡忙著，腦中卻在胡思亂想。她知道自己喜歡被丈夫綁著，特別是志傑工作的那三天，她在夜晚被他從背後來，感覺起來總有一種被迫的羞慚，卻也因為他儀式性的霸道而增添些許快感。他在她背後動作，看不見她的臉，當然臥室裡總是暗得伸手不見五指，她卻因为他就算有夜視鏡也看不見她閉著眼睛享受快感的表情而感到安慰。志傑不工作的那四天就不一樣，因為是早上八點多，拉上窗簾的臥室雖然也是暗的，她卻覺得自己在丈夫面前無所遁形，連自己腦中的思緒也可能被他察覺，因此她總是盡力配合，在含蓄和渴望、被動和主動之間找到一種平衡，在適當的時候略做掙扎，輕輕呻吟，扭動幾下，善盡妻子回應丈夫的責任。

現在是星期一，要等到星期三晚上自己不需要擔心被丈夫目睹的狂放，還有整整三天。李欣拿起一根落單的香蕉，感受著結實的蕉身和有些粗糙的蕉皮，下腹的悸動更強烈了。她不介意一星期七天的性生活，也知道自己應該珍惜夫妻之間得來不易的情愛纏綿，但她有時候不免會希望……

希望什麼呢？有這樣充滿愛意和精力的丈夫，她還有什麼奢求的？女人的責任，特別是人妻的責任，就在於珍惜所有，不是嗎？她回頭看看在店後忙碌的陳玲亮，心中多少有些憐憫，又低頭看看腕上的錶，七點五十了。再過二十分鐘，這手腕就會被綁在床頭的鐵架上了。志傑一共也只有三條領帶，綁著這手腕的那一條，會是什麼花色呢？

第二章

　　李欣回到家，把門鎖好，放下皮包，脫掉鞋子，穿過走廊，打開臥室門的時候已經把牛仔褲褪到膝蓋部位了，卻被眼前的景象弄得目瞪口呆。臥室的窗簾依然是拉上的，天花板的大燈卻開著，照得整個房間明亮無比。志傑平躺在床上，枕頭和棉被則不見蹤影，他赤裸的身體坦露在燈光下，粗壯的陰莖有如旗竿般豎著。他看著她一臉驚愕的表情，不禁笑了出來，一手舉起領帶。

　　「很驚訝吧？還不快過來？」

　　李欣搖搖頭。「還真是不一樣呢。怎麼啦？」她站在敞開的臥室門口，意識到自己只穿著黑短衫和內褲，牛仔褲纏在腳踝那裡，大腿赤條條的，下腹部則猛地抽動一下，那種熟悉的、微微痛楚又有些麻癢的感覺再度回到陰部。她吞了一口唾沫。

　　志傑露出一貫的笑容。「玩點花樣嘛。」他倚著手肘半坐起來，渴望地看著她。「老夫老妻了，換個花樣，增添一點新鮮感。」

　　李欣笑了，也不關上臥室門，直接走到床前。「好啊，你要我怎麼做？」

　　「今天第一次，妳愛怎麼做都行。」志傑自信滿滿。

　　李欣看著丈夫滿臉興奮，躍躍欲試，心中不禁也充滿期待。她脫掉短衫，解下胸罩，坦露出豐挺的雙乳，只留下內褲不脫。她爬到床上，推著志傑躺平，然後跨騎在他身上，接過領帶，依樣畫葫蘆地把他的雙腕綁在床頭鐵架上。他躺在那裡，雙目炯炯地看著她。她伸手去關燈。

　　「別！」志傑開了口，嗓音嘶啞。「我要清清楚楚地看著妳。」

　　李欣有些不自然。「人家不習慣啦，一向都是暗暗的。」

　　「沒關係，第一次嘛，多來幾次就習慣了。」志傑安慰她。

　　多來幾次？李欣搖著頭，一時之間還真不知道要怎麼應對這一切。她騎在志傑身上，雙手撫著他結實的胸膛，愛撫著他的乳頭，驚訝地發現男人的乳頭也可以變硬而挺立起來。她俯身吻他，感受著他的鬍髭，聽著他的喘息，又輕咬他的耳垂，然後技巧地躲過他的回吻，不讓他得逞。她直起身子，雙手揉著自己的乳房，又俯身挑逗他，他想咬住她櫻桃般的乳尖，卻被她輕笑著躲過。她感受著他在自己雙腿之間的堅挺，那粗大的陰莖直直地頂著她的陰道，她覺得自己越來越濕了。

她讓他躺在那裡，自己脫掉內褲，在他身邊躺下來，強悍地吻他，舌頭直深入他口中，觸動著，探索著。他越發興奮起來，側著頭回吻著她，身子也扭動得更厲害了。她用一條腿壓著他的下身，一手撫著他的額頭，另一手握住他的陰莖輕輕揉捏，上下拉扯、摩擦，他呻吟起來。「啊，好老婆，妳還真有手段啊。」他閉上眼睛享受著。

「你要見識的還多著呢。」李欣看他快要高潮了，便放開手，跨坐到他膝蓋那裡，身子壓得他的雙腿無法動彈，雙手撫著他結實的腹肌，俯身把他的陰莖含到嘴裡，讓他的粗壯直頂到自己的喉頭。她含著他前後迎縮，品嚐著他微鹹的汗味，感受著他身體的抽搐扭動，驅策著他徹底臣服。她知道丈夫的能耐，在最後一刻仰起臉來，坐直身子，聽著他的低吼，看著他滿臉扭曲，讓他爆發出來，點點滴滴都落在她的腹部，感覺溫熱無比。

她讓他癱軟地躺在那裡，自己趴在他身上，深吻著他，愛撫著他。她吻著丈夫，知道自己徹底征服了這個男人，那種勝利的喜悅是心理上的，精神上的，肉體卻沒有滿足。她用豐滿的乳房摩擦著丈夫的胸膛，在他耳邊輕輕訴說自己有多愛慕他，多渴望他，隨即再度開始熱情的舌吻，雙手十指插入他的髮間，感受著他的回應。他又逐漸亢奮起來。

「放開我，讓我也這樣愛妳。」志傑開了口，算是求她了。

「不，就這一次，讓我來。」她伸手掩住他的嘴，眼中滿是渴望。

她按摩著他，讓他再度粗壯堅挺起來，然後跨騎到他身上，略做調整，慢慢讓他的陰莖插入自己的陰道。啊，那是多麼堅實滿足的感受！此刻是她作主，由她控制速度和力道，她便開始緩慢地上下起伏臀部，讓他逐漸脫出，又猛力插入。她挺直身子，閉上眼睛，讓自己在眼簾內的黑暗中繼續移動著臀部，感受著那脫出又插入，脫出又插入，速度逐漸加快，體內的渴望逐漸洶湧，越發飽滿，呼之欲出。她覺得自己的靈魂快要超脫出肉體了。她能飛昇至天堂嗎？

她起伏移動著，頭髮散亂，雙乳晃蕩，她用雙手揉捏自己的乳尖，感受著它們堅硬如豆。她夾緊大腿，感到他的身子配合著她的動作，在她臀部下落時猛力上挺，每次都能讓她呻吟出聲，感覺他深入自己的核心，像是越來越猛烈的敲門聲，配合著她的心跳，撼動著她，要她徹底開放自己，讓他長驅直入。她閉著眼睛，一寸一寸地放縱自己，讓自己捨棄所有，不顧一切地歡迎他，接受他，讓他取悅自己，更讓自己取悅自己。她不知道自己是誰了，只知道自己到了天堂的門口，再踏一步，那最後的一步，便是極樂。

她最後一次用力推送臀部，就此達到了高潮，而他也在同時低吼出聲，兩人都顫抖不已。就這樣持續了好一會兒，她才俯身倒在他身上，雙手緊緊抱住了他。

「我好愛妳。」志傑喘息著說。他的雙腕還綁在床頭鐵架上。

「嗯，我也愛你。」李欣低聲回應。

第三章

　　李欣經歷了刺激的頂級快感，也知道丈夫非常享受這次性愛，這是他們結婚以來，第一次在做愛時同時達到高潮，她不禁覺得自己幸福無比，在志傑呼呼大睡時，不斷在心中回味那種興奮至極的狂放和爆發式的愉悅，像是坐雲霄飛車從五千公尺的山頂俯衝下來，讓整個身心失去控制，不必顧忌任何規範和拘束，只是盡情放縱自己。她從來不知道自己有這樣的一面，也覺得自己似乎徹底變了個人，不再像過去那樣拘謹順從，只為了盡好人妻的責任，遵守人妻的規範。現在的她，覺得自己不再只是個妻子，而完完全全是個女人。三十二歲了，還不算晚吧。

　　星期一就這樣過去，忙三餐，忙家務，晚上看電視，臨睡前看點小說。李欣期待著第二天早上到來，可以再換個花樣，或照這次的模式重來一次也行。或許女人一旦真正體驗到高潮，就會欲罷不能，這大概是因為女人的性快感實在得來不易，非得在心情、氣氛、體力、時間和伴侶的配合度等方面都十全十美吧。

　　李欣那天深夜躺在床上，聽著志傑的鼾聲，心裡還在胡思亂想。不知道男人是怎麼看待性愛，他們似乎隨時隨地都能做愛，不管是透過異性或自己動手，反正只要射精就滿足了。女人的性是為了愛，男人的愛卻是為了性。女人只有在真正享受性的時候才能感受愛，而男人不管愛與不愛，都得有性。女人為了愛而從一而終，「眾裡尋他千百度，那人卻在燈火闌珊處」，男人的性卻是隨時隨地，來者不拒，只要是女人，也只要有個陰道可以讓他們愛怎麼插就怎麼插，似乎就夠了。也難怪所謂的性愛娃娃在網路上那麼流行，也難怪情侶一旦訂了婚約，男方總是比女方急著想結婚，因為他們等不及要上床了嘛。

　　她想起兩人剛認識不久，志傑就迫不及待地想嚐禁果，她卻堅持兩人絕對要等到婚後才能有性行為，著實讓他又氣又惱，有一次還威脅要和她分手。志傑是她唯一交過的男朋友，他在她之前卻有過兩任女友，也和她們很親密，至少他自己是這樣說的。總有好幾回，他抱著她又親又摸，上下其手，幸好兩人之間還隔著一層衣物，否則他早就登堂入室了，但他還是對她全身每一寸肌膚熟悉無比，只除了那個又暖又濕又滑又緊的小洞。

在李欣而言，倒不是她對志傑的熱情急切完全沒有反應，事實上，有幾次她被他親吻愛撫得差點控制不住自己，只覺得雙乳漲得渾圓，乳尖也又硬又紅，陰道那裡濕濕癢癢的，體內似乎有一種自己也無法解釋的慾望，只希望他勇往直前，為她解開這據說是宇宙中最奧妙的謎，也是男女之間最為至高無上的一種歡愉。但她儘管心神蕩漾，瀕臨沈淪，每次卻也能在關鍵時刻及時煞車，不是推開志傑的手，就是從他沈重的身軀下鑽出來，一面感受到他胯下那個又粗又硬更充滿侵略性的肉棒。看他趴在那裡喘氣，她總覺得有些於心不忍。

或許正是她的堅持貞操，讓志傑欲罷不能，最後終於開口求婚，而她也確實是因為愛他而答應的。結婚那天，她因為自己終於有所歸宿而滿心喜悅，卻看得出來，志傑一整天都有些心不在焉。等婚禮結束，賓客散盡，他們終於回到飯店樓上的新房，剛進房間，門才關上，志傑就一把摟住她，把手伸到她的白紗禮服之下，急乎乎地拉下她的內褲，手指猛地探入她的陰道，開始抽插，讓她在驚呼一聲之後不免呻吟起來。等他丟開她的花束，扯掉她的禮服，把她推倒在床上的時候，她連高跟鞋都還沒脫呢。

那是她的初夜，也是她永遠無法忘懷的一個晚上。她赤裸裸地躺在那裡，讓志傑淋漓盡致地凝視著她，他的眼光充滿飢渴，更有一種征服的慾望，而她儘管又驚又羞，卻也有些期待：在電影和小說中看過無數次的性愛如今就在眼前，接下來會發生什麼事？她應該怎麼配合，怎麼反應，才算得體？第一次真的會很痛，也會流血嗎？真正的高潮是什麼感覺？更重要的是，她如何才能知道自己的表現讓他滿意？性會讓他更愛她嗎？萬一她讓他失望，那又如何？

她躺在那裡，感覺他的眼光像他的手一樣，愛撫著她，挑逗著她。

她覺得自己像是一塊處女地，只等他來開墾，播種，或許將來也能為他產出什麼豐沃的作物，現在卻不是思索生兒育女這個大問題的時候。她看著志傑慢條斯理地脫下深藍色西裝和白襯衫，赤條條地站在那裡，他的陰莖已經粗壯無比，直直地挺在身前，看起來巨大勇猛，又像是什麼活物，迫不及待想撲過來吞吃她。他手裡拿著先前解下的紅領帶，上了床，跨坐在她身上，把她的雙腕綁在一起，用左手固定在她頭頂上方，然後他側過身子，右手分開她的雙腿，用自己的腿將之撐開，壓住，讓她兩條腿張得大大的，那美好的陰部便坦露出來。他隨即開始愛撫她的大腿內側和小腹，逐漸移到陰部，分開陰唇，直探陰蒂。他溫暖的手指探索著她的陰道，找到其中一點，開始輕柔地撫摸按壓，她呻吟出聲，身子也開始扭動，體內又感覺到那股慾望逐漸增生，蠢蠢欲動。

　　她感受著他的愛撫，因為沒有經驗而根本不知道要怎麼反應，只能讓他擺佈。她確實信任他，然而在她內心深處卻有個細小的聲音在說，萬一他弄痛了她，或是虐待她，那又如何？幸好他只是繼續輕緩但堅決的動作，手指在她陰道插入又抽出的動作逐漸加快，她開始喘息，充滿渴望，只希望他不要停手，無論到最後會有什麼結果，她都渴望迎接，再也等不及了。他猛力吻著她，舌頭在她口中靈敏地探索，她全身上下無法動彈，只能不自禁地顫抖。

　　他等她濕透了，才抽開手，整個人壓到她身上，隨即開始親吻她的雙乳，啃咬她的乳尖，讓她再次驚呼出聲。他的手彷彿有電流，所到之處，讓她不由自主地熱了起來，心裡癢癢的，只想有某種驚天動地的進展，越快越好。她想讓他解開領帶，讓自己能伸手抱著他，做些回應，他卻滿足於她的無法拒絕或抵抗，只有徹底的順從，讓他能盡情探索、征服、取用。

　　他最終摸索著猛力插入陰莖，她叫了出來，那刺痛刻骨銘心，好像有人把一根又燙又硬的肉棒直捅到她身子裡，而事實上也是如此。他靜待一會兒，等她的疼痛略微消退，便開始動作，剛開始輕柔緩慢，後來逐漸增加速度和力道，直到她不由自主地抬起雙腿，緊緊環住他的腰，感受著他一次又一次的撞擊，每一次都直抵她體內似乎最深切也最脆弱的一個角落，呼喚她放棄自己，徹底投降，讓慾望縱溢奔流，就此向他臣服。他最後一次猛力推送，她便達到了高潮，因為雙腿無法併攏而不能抗拒那種極致歡樂的感受，只能劇烈顫抖著，感覺自己在他壯碩結實的身軀之下碎成了片片。她記得自己的叫聲，那是她正式成為女人的宣示。

第四章

　　初夜那天晚上他們一共做了三次愛，志傑才終於達到高潮，李欣已然精疲力盡，乳尖和陰唇也又紅又腫，更不用說是雙腕還被綁著，雙臂一直舉在頭頂上，差點都麻木了，第一次體驗的絕頂高潮自然也沒有再來。他在睡著之前終於解開了她的綑綁，她才滿身酸痛地下了床，到浴室去洗澡。她記得自己看著鏡中赤裸的身軀，感覺好陌生。這就是做女人的生活了，也是做妻子的生活。婚姻是一輩子的盟約和奉獻，她這塊土地，也將由志傑一生一世耕耘下去。

　　在那之後，儘管他們每天都做愛，李欣卻再也沒有體驗過真正的高潮，只除了星期一早上她採取主動的這次。他們每次上床，她當然會有或微弱或強烈的快感，志傑也每次都能盡興，但他總是在完事之後就歇手，翻身休息，讓李欣被撩起的慾望無從發洩，總有美中不足的感覺。她能體驗丈夫的愛，也知道自己應該珍惜他不止息更不厭煩的熱情，但她有時在半夜睡醒，會幽幽記起自己在初夜的那次喊叫出聲，那是一種成就，一種勝利，一種無法克制的滿足，一種靈魂出竅、直升天堂的狂喜，就好像她變成完全不同的一個人，冷眼看著原來的自己功成身退，消失無蹤，而在那之後，她曾多次接近那種滿足感，卻始終不能突破那最後一道關卡，徹底放棄自制而迎來高潮。

　　難道關鍵就在這裡？不管是第一次的乍然受制，還是這一次的完全掌控，她必須徹底放任自己，擺脫自己，甚至放棄自己，才能體驗性高潮？她不知道自己有什麼好拘束的，和志傑都老夫老妻了，兩人之間早就沒有什麼顧忌和羞澀，每天的性愛也是熟練無比，他知道如何給她快感，她也知道怎樣扭動呻吟才能讓他興奮。或許這就是問題所在？他們非得換個新花樣，她才能重拾熱情，打破陳規，尋回被規律制約更隱藏已久的自己？

　　李欣就這樣胡思亂想了半夜，到星期二早上，她覺得自己才睡著，鬧鐘就響了，她只好心不甘情不願地起床。這次志傑倒是睡得死死的，沒有驚動，當然也沒有宣示自己要等她回來。李欣不免在黑暗中露出笑容，想來這次驚天動地的性愛真的把他滿足到累壞了。

她在蔬果店忙碌，這天早上剛進貨，大箱大箱的青菜水果都得整理好，她裡裡外外跑來跑去，對老闆娘陳玲亮的行蹤也不在意，反正後者信任她能獨當一面，她就要盡力做好這份工作。到了七點半，清早購物的街坊鄰居大概都買完了東西，店裡沒什麼人，她便把垃圾拿到店後面。剛打開門，就看見陳玲亮和一個男人抱在一起，靠在後院的牆上，她閉著眼睛呻吟，臉上的表情十分享受，雙臂摟著那人的頸子，那人則用下身緊壓著她，在她衣襟敞開的胸前亂抓亂摸，又伸手拉高她的裙子，在她張開的雙腿之間摳弄。

李欣嚇了一大跳，連忙縮身關門，慌亂之間一瞥，那男人正忙得不亦樂乎，根本沒注意到她，陳玲亮卻睜開眼睛，也不知道是否發現她在偷窺。李欣覺得自己的一顆心幾乎要跳出喉頭來，手裡的一袋垃圾又拎回店裡，只好暫時擱在角落。她躲到店面最靠前門的地方，順手抓了一箱蘋果，開始在陳列架上堆放，剛放好兩個，就發現自己的手在抖，臉頰也又熱又燙。

從來沒看過陳玲亮穿長褲或短褲，總是長度不等的裙子，原來……原來是為了方便啊。李欣心慌意亂，腦中千頭萬緒，也不知道是目睹了他人私密而感到難為情，責怪自己的莽撞，還是為陳玲亮在光天化日之下的豪放大膽感到羞慚，這老闆娘真是不簡單，對方搞不好是常來的客人……蔬果店的生意一向好，單單是她在早上工作的那一小時半之間，來買菜的人就多得讓她記不清，萬一上門的男人要比女人多，那可不都是趁上班之前、或是送小孩上學之後，順路來吃陳玲亮這頓野食的丈夫或爸爸們嗎？她又想，也難怪蔬果店進貨都在大清早，送貨的也都是男工，之後也總是得和老闆娘打交道，原來是出於這個原因啊……

眼看著八點要到了，李欣還在胡思亂想，倒是忘了要回家和老公換花樣做愛這件事。她一再想到陳玲亮臉上的表情，那開朗而直率的臉上滿是狂野，不顧一切、勇往直前的自由，自己愛怎麼盡興就怎麼盡興的豪情，全權控制所有、擔當所有的任性。儘管那男人像野狗發情似地想佔有她，真正掌握並享受這過程的卻是她自己，就好像這是她的權力和權利所在，全天下只有她有全副資格讓男人從早到晚迫不及待地渴望佔據她。與其說那男人想得到她，不如說她像個女皇，慷慨地容許男人在她裙下傾倒、屈膝、膜拜、頂禮。她是野火，而那男人，以及所有可能和她做過愛或想和她做愛的其他男人，都是奮不顧身撲火的飛蛾，被燒死也心甘情願。

這就是女人的力量！這就是女人應有的專制！李欣不禁要羨慕起這個老闆娘兼朋友了。

她還在堆蘋果，陳玲亮卻從店後走了出來，一手理著頭髮，另一手還在扣著胸前的扣子，那男人則不見蹤影。兩個女人的眼光對上，李欣不禁低下頭，不知道是否應該為自己目睹了不應該看見的事情而道歉，還是假裝什麼事都沒發生。陳玲亮倒是坦率：「剛才的事，妳別介意。只是個老朋友多年不見，聚一聚而已。」

她不經意的偷窺果然被發現了。李欣紅著臉站在那裡，一句話都說不出來。

只見陳玲亮笑了一聲，伸手輕輕抬起她的下巴，順便摸摸她的臉。「八點啦，該回家陪老公了。這年頭，有男人就是福，女人的福份得來不易，妳要好好珍惜。」她放下手，轉身要走，又突然想到什麼事似地回過身來。「對了，妳星期四上午有空嗎？我想請妳來家裡談談。」

李欣慌了。難道老闆娘要辭掉她？「嗯，我有空，但是我先前實在不是故意——」

陳玲亮看到她臉上的表情，這次真的笑了出來，又拍拍她的肩膀。「別緊張啦，我們是好朋友嘛！我只是知道妳老公要上班，怕妳一個人在家裡寂寞，想請妳過來喝杯茶而已。又或許，也有一點東西想給妳看。」她的笑容有些高深莫測，讓李欣越發疑惑了。

陳玲亮給了自家的地址，確定李欣知道在哪裡，又和她商定時間之後，就催她回家。臨走之前，還不忘叫她帶兩個蘋果回去和老公分享。

後，就催她回家。臨走之前，還不忘叫她帶兩個蘋果回去和老公分享。

第五章

　　李欣回到家的時候還在臉紅心跳，卻想到老公在等，自己也被蔬果店後院的一幕惹得慾望高漲，便在進門之後就脫掉衣服，赤裸裸地穿過客廳，經過走廊，到了臥室門口，也不管外面天光大亮的。要是有哪個鄰居能透過客廳的窗口探望，早就會看見她豐滿的雙乳和堅挺的乳尖，更不用說是那渾圓的臀部和神秘而濕潤的三角地帶了。

　　然而等她進了拉上窗簾的臥室，躺在床上的志傑旁邊，他卻只是像以往那樣拿出枕頭下的兩條領帶，動作俐落而熟悉地把她的雙腕綁到床頭鐵架上，然後分開她的雙腿，一手揉捏著她的乳房，另一手引導著自己的陰莖進入她，就這樣抽插起來。她躺在那裡，覺得自己只是砧板上的一塊麵團，任他擺弄，體內一點感覺都沒有，先前的滿懷性慾也早就消失無蹤了。只聽他開始喘息，兩隻手又捏又扭她的乳頭，又伸出舌頭舔她的小腹，讓她感到很不自在。她知道自己若是不出聲扭動，他就會欲罷不能，只好稍微配合，讓他盡興了事。果然，他自己達到高潮，解開她的綑綁，便翻身睡了，留下她躺在黑暗中，差點沒哭出來。

　　果然是期盼得越多，失望透頂的感受就越痛苦啊。她以為夫妻之間的性生活會在前一天早晨的狂放之後就此改善，以為自己也能天天達到無與倫比的高潮，就像初夜那晚一樣。她以為在結婚五年之後，他們能擺脫一星期七天的例行公事，以為兩人之間的性事能從此變得特別，讓愛情也獲得新意。她以為，她和志傑不會再是老夫老妻，而能像新婚夫婦那樣對彼此充滿飢渴，不需要每天上床，偶爾上床卻能悠然盡歡。她以為……

　　她像木頭那樣躺在那裡，聽著志傑的鼾聲，終於能讓自己承認，她以為在前一天早晨之後，自己能不再只是一個普通平凡、順應丈夫的妻子。難道婚姻就是為了讓女人能一生一世合情合理合法地陪男人上床，讓他們順理成章地心滿意足？難道做妻子的責任、義務和本份就是要心甘情願地供應自己的乳房、大腿和兩瓣屁股，讓做先生的時不時有興趣就動手捏揉玩弄？難道每個身為妻子的女人之所以有陰道，就是為了讓身為丈夫的男人大幹特幹，讓他們插得爽，讓他們隨時隨地都能射精射到淋漓盡致？一個妻子若是做不到這一點，或是做到而非百分之百的自願奉獻，就不算是好妻子？

那麼，女人要什麼，又能有什麼呢？有誰問過女人？至少男人沒有問過。哪個做丈夫的會問自己的妻子是否開心滿足？他們只是認定自己只要和老婆上床就代表愛她，而她也該為自己的天大福份而感恩了。男人隨便被挑逗幾下就能射精，女人要達到高潮卻沒有那麼容易，但男人從不過問這一點。他們只相信女人只要躺在男人身下就會呼天喊地，只要被他的手碰到就會神魂顛倒，只要被他的陰莖插入就會欲仙欲死，就會認為這個男人是威猛雄偉的天神，自己值得更應該被他征服。在男人眼中，性就是愛，也難怪中文裡有「性愛」這個詞，不像英文那樣把兩個字分開。

想到這裡，李欣苦澀地笑了。如果她從來沒有體驗過高潮，此刻大概就不會那麼憤世嫉俗吧。但她在過去五年以來確實體驗過，而且是兩次，一次是徹底被征服，另一次是自己進行徹底的征服。她多麼希望自己能有機會再享受一次那種抵達天堂的狂喜，那種徹底脫離自己、徹底放棄自己、徹底忘懷自己的激情，但她知道，只要自己一日是人妻，就一日必須善盡人妻的責任和義務。

分手是不可能的，她首先就不可能向志傑坦承自己沒有每天盡興，何況她也不是缺乏快感，只是沒有達到高潮而已。這不是一種女人可以對男人直說的事，更不用說是自己的丈夫。就算她真能說出口，志傑也不會相信，她也不想說服他相信而傷害他的感覺。這不是他的錯，她不能抱怨他。他實在是個好丈夫，從來沒有錯待過她，反而天天以行動愛她，儘管那只是他自以為正確也足夠的行動。不是他給得不夠，只是她知道自己要得更多。

她昏昏欲睡，腦中一片混亂。自己這樣想，對嗎？合理嗎？太過任性而無理取鬧嗎？又或許她只是身在福中不知福？她想到陳玲亮的話：「這年頭，有男人就是福，女人的福份得來不易，妳要好好珍惜。」同為女人的建言，應該不會錯吧？或許這老闆娘兼朋友只是因為自己沒了丈夫而羨慕李欣的好運？又或許陳玲亮只是因為自己能自由和男人廝混而想用幾句好話來騙身為人妻的李欣開心？至少老闆娘說得沒錯，有男人就是福，也難怪她是老闆娘，能當家作主嘛，解幾個扣子，撩高點裙子，男人就忍不住要餓虎撲羊了，但誰是狼，誰又是羊呢？倒不知站著來是什麼滋味，當時那人的陰莖想必是像什麼鐵棒一樣，才能又硬又挺地往上頂，頂得女人大呼過癮……

　　李欣就這樣睡著了。在她迷糊而混亂的夢境中，志傑的陣陣鼾聲只是什麼重金屬搖滾樂的背景，強而有力的鼓聲重覆著，律動著，而她身上似乎有什麼陰影覆蓋，某種又強壯又厚重又溫熱的身軀，充滿男子氣概，壓著她，舔著她，愛撫著她，許多隻有力而粗糙的大手揉捏著她，挑逗著她，在她全身上下遊走，探索著她的乳頭，她的下腹，她的大腿內側，她早已濕透的陰唇、陰道和陰蒂，然後是許多根無比堅硬、粗壯而熱燙的肉棒，一根又一根輪流插入她，直頂到她的子宮那裡，她呻吟出聲，感受著那種溫柔的強暴，像海潮般推送著，一陣又一陣，一次又一次，越來越快，越來越深，越來越強，帶著她就此懸浮，推送著她往天堂那裡飛去，她是如此接近那至高無上的狂喜，靈魂幾乎要出竅而消融在那激情之中，她好愛這種感覺，自己眼看著要沈淪，卻又無比地清醒，只等那穿越天堂之門的一刻，她要為這快感而昏死了，又無比歡悅地活著，生命中再也沒有比這更美好的感受了，她是女人，全世界、全宇宙最幸福的一個女人……

第六章

　　到了星期四早上，李欣去蔬果店上工的時候，志傑正在興沖沖地燙襯衫，打領帶，西裝畢挺地準備上班。他前一天傍晚下班回來，剛吃完晚飯就把妻子拉進臥室，把她推倒在床上之後就五花大綁，然後如狼似虎地展開攻勢，把她壓得差點喘不過氣，又從後面幹了她兩次，應該是盡興了，顯然也覺得自己雄赳赳氣昂昂，是個頂天立地的大男人。而李欣在黑暗中享受著快感，雖然沒有達到高潮，卻因為丈夫看不見自己的臉而可以胡思亂想。她想像身後的人不是結婚五年的丈夫，而是什麼有名的歌星或電影明星，甚至是個陌生人，嗯，比方說哪個持刀搶劫的慣竊，劫財不成就劫色，因為她和志傑實在也沒有什麼錢。她想像志傑的粗暴其實是陌生人的霸王硬上弓，自己正在被強暴，體內感受到的性慾便多少增添一些，不免呻吟出聲。而志傑還以為她很享受這種性愛，動作也變猛而加快了，更讓李欣扭動起來。

　　李欣到了蔬果店，和陳玲亮打了招呼，後者倒是沒有特別提醒她記得過去喝茶，只是簡單地說了一聲「待會見」，就到店後去了，留她一個人照顧店面。李欣手裡忙著，一面回想前一天夜晚的床上運動，又不知道這天晚上是否還得進行同樣的例行公事，反正也習慣了。只不過，這次要在心裡想誰呢？或許她可以想像哪個逃獄的犯人，在獄中待過多年的囚犯一定都很飢渴，強暴女人的時候應該也特別勇武，大概就能符合志傑從後面來的習慣了……

　　志傑要是知道她這種胡思亂想，大概會很生氣，又或許他會難過，覺得老婆寧願想別人也不願想他。說真的，五年以來，只除了自己每次來月經的那幾日，夫妻倆可說是天天做愛，李欣對丈夫臉上的每一根鬍髭、身上的每一塊痣斑都熟悉無比，也深知他的每一個動作和節奏，實在是無法有什麼激情或新意。說什麼熟能生巧，都是假的，其實都熟到爛了……想到這裡，她不免有些無謂地擔憂起來：這天長地久的夫妻歲月，每一天都得有新的幻想，才能在性事上獲得一點快感，還真難呀。倒不知道志傑是否也會胡思亂想？搞不好，他也在偷偷幻想什麼絕世美女，每天換著想一個，所以才能每天都生龍活虎地做愛……

到了八點十分，她回到家，喝了杯茶，做點家務，便準備去陳玲亮家。她們約好十一點，李欣想，第一次去老闆娘家裡，總不能空手，便翻箱倒櫃地找出一瓶志傑前年帶回家來的洋酒，說是公司送的。反正夫妻倆在家難得喝酒，乾脆送給陳玲亮，做個順水人情。她又換上一件簡單的碎花洋裝，把頭髮梳整齊，套上低跟便鞋，便拎著禮物出發了。

陳玲亮住在距離蔬果店有兩個街區的一棟公寓四樓，單位住宅是普通的三房兩廳，一個人住起來算是寬敞豪華了。她按了門鈴，不到十秒鐘，陳玲亮便熱情地開了門，請李欣進去，又直率地埋怨她幹嘛要帶禮物，都是熟人了。

李欣站在客廳裡四處張望，發現陳玲亮的傢俱陳設相當簡單，卻很有品味，也就是說，每一樣東西都是精品店買來的，根本沒有任何便宜的地攤貨。寬大的沙發是白色真皮，和暗綠色的厚玻璃咖啡桌很相配，旁邊放了立地枱燈，地毯則是黑色長毛，赤腳踩在上面一定很舒服。客廳採取開放式，旁邊就是廚房加餐廳，整體算是一大間，鋪了精緻的地磚，還有幾幅壁畫裝飾。右手邊有走道通到其他房間，盥洗設備想必也在那附近。

陳玲亮招呼她在餐桌邊坐下來，桌上已經放了兩個高腳酒杯，看起來也都是高檔貨。「我一下子找不到茶葉，今天就來喝法國進口的葡萄酒吧。下回妳來，我們再喝茶，」陳玲亮笑著說。

李欣暗罵不巧，只好奉上自己帶來的洋酒，眼看著老闆娘笑笑地收下了，也不知道是否比得上她那一瓶，搞不好是本地製造的假洋貨，心裡不免有些自慚形穢。她看著陳玲亮這天穿的緊身上衣和短裙，就算在家裡也是玲瓏有緻，得體宜人，動作舒暢而自然，更有著無比的自信。只見陳玲亮俐落地倒了半杯酒，要她品嚐。李欣喝了一口，果然是爽口宜人。她平常幾乎不碰酒，才喝幾口就感到臉頰發熱起來，陳玲亮問起李欣在老公上班的三天都做些什麼消遣。「也沒什麼，就是做做家事，看看書和報紙，中午隨便吃點東西，到下班時刻則準備晚餐，等著先生回來吃飯，」李欣有些不好意思地承認。「我們的生活滿簡單，反正就兩個人。」

「有沒有想過要生孩子呢？」陳玲亮笑著問。

「沒有，」李欣老實回答。「志傑不想要孩子，說是會影響我的身材。」這話出口之後，她才臉紅起來，又連忙解釋：「反正我們沒錢生孩子，我也一直想找份正式的工作，存點錢，將來萬一要生孩子才有準備。這年頭，妳也知道，養孩子太貴啦。」

她還在猜想老闆娘是否真的知道生養孩子的事，陳玲亮已然開口：「我其實不知道，因為我和老公不能生，而在他死之後，我也沒有必要生了。」

李欣嚇了一大跳，正想道歉，陳玲亮卻無所謂地揮揮手。「我也不必隱瞞什麼，我們都是女人嘛，關於女人的任何事都可以說。」她隨即解釋自己和丈夫試了許多年都無法懷孕，他不認為自己有問題，便把一切怪罪到她頭上，兩人的婚姻因此而不太和諧。

陳玲亮點上一支煙抽著，眼光也遙遠起來，似乎沈陷在遙遠的回憶裡。「他一直想要孩子，我也向來以為是自己的錯。有時候他不順心，氣起來的時候打我罵我，要不然就是言語冷淡，對我愛理不理。我們結婚十二年，我也忍受了十二年的家暴，直到他到最後患肺癌去世，我才去醫院做了檢查，結果證明自己在生理上根本沒有問題，但要懷疑他有毛病也嫌太晚了。」

李欣聽著這番話，不知道要怎麼回應，只好沈默著。陳玲亮看起來這樣開朗大方，笑語從容，沒想到有這樣陰鬱的過去。她一直以為家暴只是電視裡和報紙上才會提到的事，沒想到眼前就有一個活生生的受害者。

「記得我上次告訴妳，女人有男人就是福嗎？」陳玲亮問了一句，李欣便點點頭。

「妳知道，我這話其中是有深意的，」陳玲亮吸了一口煙，輕輕吐出幾個煙圈。「女人有男人就是福，不代表女人一定要結婚，要做哪個男人的妻子。女人只要做女人，做自己愛做的事，至於做不做人妻，倒是不需要別人管。要是真的做了人妻，反而做不成女人，那就算有老公也不代表真正有男人，也不表示自己就有福氣。妳懂我的意思嗎？」

李欣似懂非懂地點點頭，心想自己得記住這番話，留在日後好好思索。她喝著茶，看著陳玲亮揚著頭抽煙吐煙的模樣，突然覺得這老闆娘好瀟灑。

等兩人喝完一瓶葡萄酒，李欣有些不好意思地問廁所在哪裡，陳玲亮便笑了出來，站起身，拉著她到了臥室，讓她用套間裡的設備。等李欣洗好手出來，發現陳玲亮鋪了一整床的衣服，正在興奮地等她。

「我們來玩扮家家酒！」這個老闆娘像小孩般開心地建議。「我從小就是獨生，上了一年大學之後又立刻結婚，所以很少有同性的朋友一起玩。」她抓起一件暗紫色的晚禮服，塞到李欣手裡。「我看我們的身材差不多，妳穿穿看，合適的就帶回去，反正我衣服很多，妳要是穿膩了就帶回來，再換幾件。」

李欣看陳玲亮這樣開心，不好讓她失望，便答應一聲，拿著衣服回頭往套間的浴室走，卻又被叫住。只見陳玲亮笑著說：「哎呀，都是女人嘛，害羞什麼？妳就在這裡換，我也好幫忙呀。」

第七章

　　李欣聽陳玲亮這樣說，愣了一下，又覺得這話沒錯，自己大概也喝多了，實在不覺得有什麼害羞的必要。於是她爽快地點點頭，把手裡的禮服放在床邊，這才開始解扣子，把洋裝脫下來，留著胸罩和內褲。

　　陳玲亮幫著她換上晚禮服，暗紫色的天鵝絨料果然適合李欣，襯得她的肌膚格外白皙，原本玲瓏有緻的身材也更誘人了。陳玲亮又找出一雙高跟鞋，要李欣換上，然後拉著她在衣櫃的大鏡子前面左照右照，弄得她也有些飄飄然。

　　陳玲亮又接連讓她換了好幾件禮服，都是剪裁合體、手工精緻的衣物，看起來價值非凡，式樣倒是越來越大膽，從露背到低胸，甚至在一側開了高高的叉，突顯出李欣豐潤的大腿，內褲也時隱時現。特別是換穿低胸禮服的時候，沒有肩帶，她便脫下胸罩，只是抬頭挺胸，憑堅挺的乳房撐著衣服不往下滑，陳玲亮也在旁邊搔首弄姿，弄得兩人嘻嘻哈哈，笑了好久。

　　到最後，陳玲亮打開衣櫃，有些神秘地拿出一件包好的衣服。「這是我最喜歡的一件衣服，只有在特殊場合才穿，也希望合妳的身。妳穿穿看，要是喜歡，我也給妳買一件。」

　　李欣接過來，打開一看，不禁呆了。只見那禮服的樣式其實比較像泳衣，彈性的黑色薄紗只是長短兩條，長的一條繞過頸子而兩端垂在胸前，露出整個後背，短的一條則繞過胯下，在身前和垂下的長紗條兩端相扣，在身後則用一條銀鍊和長紗條的中點相繫。若是真的穿起這件衣服，只怕非但後背、肚腹和臀部裸露，就連胸前也只能遮住兩個乳頭，可謂前衛大膽無比。

　　「來，我幫妳換上，」陳玲亮說。

　　她讓李欣站著不動，自己的雙手繞到她背後，慢慢扯下拉鍊，又緩緩把她身穿的紅色低胸禮服往下拉，露出她赤裸的雙肩，雙乳，結實的小腹，單薄的內褲，然後是修長的雙腿，自己卻也隨之跪在地上，幫著她抬起腳，踏出落在地上的衣服堆。李欣站在那裡，有些害羞，又有些興奮。她腦中有些發昏，卻驚訝於自己在陳玲亮面前的開放和自在。

陳玲亮隨即攀住李欣的內褲邊緣，慢慢將之往下拉。她跪在地上，抬頭仰望的眼神流轉，無比嬌媚，弄得李欣也有些心神蕩漾。

李欣現在已經是全然赤裸了，只除了腳上的高跟鞋。她感覺一陣頭昏，不禁伸手扶在陳玲亮的肩膀上，後者便撫著她的大腿，緩緩站起身來的同時也一路把雙手往上挪，滑過她的小腹，腰部，乳房，鎖骨，然後捧住她的臉。

「妳的身子好美，實在讓人陶醉，」陳玲亮低語著，隨即吻在她唇上。李欣嚇了一跳，卻也沒有退縮，也不想退縮，只是昏昏沈沈地感受著陳玲亮豐滿溫潤的雙唇。

陳玲亮隨即後退一步，拿起床上的長條黑色薄紗，有如戴項鍊似地繞在李欣頸上，又讓兩端垂在她胸前，順手愛撫她的雙乳，逗弄她的乳頭，讓她不禁輕聲呻吟。陳玲亮隨即拿起短條薄紗，又在李欣身前跪下來，讓她分開雙腿，把薄紗繞過她胯下，又輕輕隔著衣料愛撫她的大腿內側和陰部，她便扭動著身子。

陳玲亮給李欣整理好身前身後的薄紗，這才站起來凝望著她。李欣踩著高跟鞋站在那裡，只覺得身上幾乎沒有東西，又如此真切地感受到薄紗的輕柔，還有陳玲亮的眼神。那眼神似乎有實質，有重量，沈沈地遊走在她全身上下，所到之處似乎只是一片溫暖，就像葡萄酒的酒精讓她的雙頰發熱。事實上，她不只是雙頰發熱，全身似乎都是滾燙的，同時口乾舌燥，下腹部也有一股暖意。那感覺無比熟悉，卻又有些陌生，而且是那種讓人興奮期待的陌生。

陳玲亮又吻住她，雙唇像薄紗那樣輕柔，從她的嘴移到頸邊，又往下滑到前胸。李欣感受著陳玲亮的雙手探入薄紗，撫弄她的雙乳，指尖在她的乳頭四周緩緩繞圈，她的乳尖便挺立起來。那感覺真好，又細膩又溫柔。陳玲亮隨即扶住她的臉，深深吻她，舌尖頂開她的雙唇，在她口中靈巧地游動。李欣只感到神魂顛倒，不禁也緊緊抱住面前的女人，享受著她的吻，更回吻著她。

「妳穿著這件衣服，躺在床上最好看，」陳玲亮低語著，緩緩把李欣推到床上，看著她雙眼矇矓地躺在那裡，自己隨即脫掉衣服，趴到她身上。她壓著李欣，持續吻遍她全身，又吸吮她的乳頭，舌尖逗弄著她的乳尖，讓她呻吟不已。她的雙唇逐漸移到李欣下腹，然後移過身子，分開李欣的雙腿，然後是她的陰唇，繼而用舌尖探著她的陰蒂。李欣從來沒有感受過這樣美好的侵襲，這比志傑用手指插縮更讓她感到悸動。

陳玲亮的舌尖靈巧無比，時伸時縮，時而輕吮，時而深舔，探逗著李欣，後者只能無助地躺在那裡呻吟，被那種霸氣的溫柔（或溫柔的霸氣）慫恿得性慾高漲，又想哀求她住手，又等不及她更進一步。然而陳玲亮眼看著身下的李欣要臣服了，果然住了手，只是俯身向前熱情地舌吻她，又吸吮著她的乳頭，弄得李欣在有些失望之餘更滿心渴望了。她在李欣耳邊喘息著輕語，暖暖的氣息逗得後者心癢不已：「先停一下，然後再接再厲，到最後的高潮會更刺激喔。」

陳玲亮的手愛撫著李欣的每一寸肌膚，彷彿在品嚐後者的細緻。她吻著李欣的大腿內側，把後者的雙腿抬至自己肩上，埋頭舔舐那又暖又濕的陰唇，李欣不禁把手臂抬至頭頂，頭也往後仰，上身挺起，扭動顫抖，手指掐捏著自己不斷晃蕩的乳頭，投降於這種征服。她每次要達到高潮了，卻又得等待片刻，就這樣持續地攻城佔地，略為休兵，再次進攻，故作懸疑，果然把李欣弄著慾火中燒，忍不住坐起身，猛地把陳玲亮撲倒在床上，同樣用力吻遍她全身，手指伸入她的陰道抽插，同時感受著她的手為自己陰蒂處帶來的快感逐漸增生，幾乎到了無法忍受的地步。兩個女人在床上糾纏扭動，翻滾熱吻，持續愛慰著彼此，直到兩人都達到高潮，雙雙呼喊出聲，全身癱軟地倒在那裡。這樣狂放盡興而毫無拘束窒礙的性愛是李欣從來沒有經歷過的，此刻卻讓她刻骨銘心。她胯下的短條黑色薄紗早已濕透，而那長條薄紗已把兩人交纏在一起。

第八章

　　過了許久，陳玲亮終於坐起身，把李欣也拉了起來，兩人赤裸裸地走到套間的浴室去洗澡。李欣先前進來用廁所的時候沒有太敢觀望，此刻發現這浴室十分寬敞，天花板是鏡面，牆上和地上則是黑磁磚，襯得白色的淋浴間和浴缸格外明亮。陳玲亮把李欣拉進淋浴間，開上冷水，冰涼的水簾從頭頂琳下，兩人打著寒顫，緊緊擁抱在一起，憑藉熱吻和愛撫溫暖彼此，李欣的性慾又被撩撥起來。陳玲亮讓她靠著瓷磚牆壁，一條腿伸入她雙腿之間，將之分開，一面舌吻她，一面在手裡抹了沐浴乳，半是愛撫、半是按摩著她的雙乳、下腹和臀部，隨即移到陰唇和陰蒂。啊，李欣整個人輕飄飄，軟綿綿，閉著眼睛，仰頭讓水淋在臉上，感覺自己要融化了。

　　不知道過了多久，陳玲亮才停手，自己出了淋浴間，在豪華浴缸裡放滿熱水，這才讓李欣出來，兩人坐到浴缸裡，享受溫熱的浸潤。李欣不由自主地靠在陳玲亮身上，聽任後者擺佈，只覺得陳玲亮緊貼著她，雙腿從外側勾著李欣的腿，將之分開，讓她的陰部整個暴露出來，然後從後面環抱著李欣，一手伸指深入她的陰道，開始插縮，另一手撫捏著她的乳房，同時親吻她的後頸。在水中做愛的感覺真好，李欣沒過多久就興奮無比，全身燥熱，卻因為陳玲亮雙腿的箝制而無法闔攏大腿，不像慣常和志傑在床上那樣可以用腿纏著他的腰或夾緊他的手，於是感覺特別無助，就這樣大張著雙腿達到了高潮，身子劇烈顫抖，有如觸電，那強猛至極的快感如潮水般持續襲來，讓她整個人幾乎要昏過去，卻又感覺自己無比真切地活著。

　　等李欣慢慢恢復平靜，陳玲亮擁抱著她，一手緩緩撩撥著此刻已是半溫的水，一點一滴地淋在李欣依然堅挺的乳尖上。「感覺實在爽吧？」這個老闆娘打趣地問。

　　李欣點點頭，有些羞澀，卻又覺得沒有必要。「妳一向都是這樣做愛的嗎？」

　　她感到身後的陳玲亮也點點頭，一面在她耳垂上親著，。「我喜歡做愛，不管是男人和女人都行，只要快活、刺激、過癮就好。妳下次再來，我還有一些絕妙的手段招呼妳，也想介紹妳認識幾個朋友。」

　　聽見這話，李欣不禁回身凝望陳玲亮。她們現在已經不只是朋友，卻又不是愛侶，更遑論老闆娘和雇工的關係。「我們還會有下次？」這想法讓她心頭小鹿亂撞，彷彿不敢相信自己的好運，這樣精彩的性愛竟然得以持續。

　　陳玲亮笑了，一手捏捏李欣的臉頰，又像小鳥那樣在她嘴上輕啄一下。「當然啦。妳的身子這樣美妙，又是這樣充滿飢渴，精力無窮，我怎麼能輕易放棄？」

　　李欣望著陳玲亮開朗坦誠的神情，豐潤的雙唇，澄澈的眼睛，睫毛上還沾著幾滴水珠，不禁在水中跪坐起來，伸手捧住她的臉深深吻著，而後者也環抱著她，雙手扣緊了她的豐臀，兩人又旖旎纏綿起來……

　　等李欣傍晚回到家，已經將近六點，志傑再過十五分鐘就要進門，眼看是來不及洗菜煮飯，乾脆叫點外賣吧，反正她也精疲力盡，不想再出門。上次夫妻倆叫外賣還是幾個月之前，志傑喜歡吃披薩，而且是琳琅滿目的海鮮口味，李欣則喜歡夏威夷口味的火腿和鳳梨組合，吃起來酸酸甜甜，很有特色。

　　等志傑回來，叫的披薩也送來了，兩人吃完晚餐，看過新聞，李欣本想在家事做好之後就洗澡上床，準備應付志傑的例行公事，他這天晚上卻依然生龍活虎，趁李欣還在洗碗的時候就從後面攬住她，雙手伸到她圍裙下面，揉捏著她的乳房，頂在她臀部的胯下硬物也蠢蠢欲動。

　　「你這是怎麼啦？小心肥皂泡泡濺到西裝上。」李欣扭動著身子想躲，志傑卻是變本加厲。

　　「妳今天好漂亮，容光煥發，好像變了一個人，想必和妳那個老闆娘聊得很開心。」志傑在她耳邊問著，每說幾個字就舔一下她的耳垂，弄得她好癢，身子也扭動得更厲害了。志傑索性拿掉她手裡的洗碗刷和盤子，把她往後拉一步，讓她俯身把手肘靠在水槽邊上，一手撩高她的碎花洋裝裙襬，另一手已經在解褲帶了。

「喂喂，這樣不公平吧，你在我後面爽，我卻得瞪著一水槽的髒碗盤？」李欣抗議起來，卻也不是太認真，老公難得要換花樣，她不想掃興。更何況，此前和陳玲亮的溫存讓她意猶未竟，兩人用手用嘴纏綿了一下午，現在又換成志傑的陰莖，這天可說是面面俱到了。

志傑忙著把她的裙子拉高到腰間，又扯掉她的內褲，自己拉出此刻已經是硬挺的陰莖，也不等她濕透，就這樣從後面插入她。「妳就順著我吧，上了一天班，想死妳啦。」他開始抽插，動作越來越快，力道也越來越猛，同時環抱著她的腰，讓她配合自己。

李欣彎著腰，閉著眼睛感受著他的勇健，這不同於以往在床上被他從後面來，因為站立的角度彆扭而感覺更緊促，自己也更有被強暴的感覺。他用力捏她的乳尖，又用手緊摟她的下腹靠著自己胯下，持續頂插著陰莖，這讓她有充實的快感，整個人也因為他的威猛而前後晃蕩，垂下的髮絲搖曳著擦過臉頰，一點也不像家庭主婦，反而像個免費妓女。她想像自己是個狂野的蕩婦，無論如何都難以滿足，或許陳玲亮為她打開了一扇門，讓她見識到情慾世界的多采多姿。等志傑終於喘著氣達到高潮，她還欲罷不能呢。

那天深夜，她躺在床上聽著志傑滿足的鼾聲，心中想的只是陳玲亮的溫柔細膩。女人天生懂得為彼此著想，男人卻天生就是予取予求。她在陳玲亮那裡獲得了尊重和珍惜，志傑卻只是要她順著他的意。她開始在棉被之下採取動作，一手逗弄自己的乳頭，讓乳尖挺立，另一手則伸到雙腿之間，開始摩擦自己越來越濕的陰唇和陰蒂。她一面自慰，一面想像自己正在和陳玲亮做愛，等她掌握了訣竅和韻律，最終不自禁地仰起頭默不作聲地體驗高潮時，枕邊人的鼾聲也越發響亮了。或許志傑在夢中溫習著身為男人的雄風，李欣卻在自助的快感中享受著身為女人的樂趣。

第九章

　　在那之後的好一段時日，李欣每星期四都會去陳玲亮家，兩人喝完一瓶葡萄酒就上床歡愛，陳玲亮也遵守諾言，用各種精彩絕妙的手段來招呼她。剛開始只是振動棒，陳玲亮先是讓李欣躺在床上，自己側倚在旁邊，一面熱情地舌吻她，一面把振動棒插到她的陰道裡，讓她呻吟不已，沒兩下就達到了高潮。兩人隨即測試了不同的速率和角度，陳玲亮讓李欣倚著床頭自己來，同時教她不要一次就盡興，而是要時用時停，慢慢讓樂趣增生，也磨練自己的耐力，最後的高潮才會精彩。她持續練習的結果，從原本的兩三分鐘，進步到十多分鐘才達到高潮，而這期間的快感從未間斷，兩人纏綿的時間當然也更久了。

　　陳玲亮同時收藏有尺寸不等、外觀各異的假陽具。有好幾根既粗且長，直頂到李欣的子宮，插入的時候讓她歡喜讚歎，抽頂的時候更讓她欲仙欲死。另外還有幾根表面粗糙，有的帶有浮雕式的花紋，有的則滿覆突出的圓點，感覺起來果然不同凡響，在李欣想像中，有時愉悅，有時苦澀，有時火辣，有時瀟灑，彷彿是和不同個性、背景、長相、乃至於習性的男人做愛那樣應接不暇，但眼前的性愛對象又是女人，感受因而特別直接而開放。總有好幾次，接二連三的高潮襲來，讓她快活得差點暈死過去。

　　另外還有一根長度可調整的堅實木棒，最長可以拉成一公尺半，最短也有八十公分，兩端有皮圈，用來套在足踝上，讓雙腿無法闔攏。陳玲亮介紹說，這木棒最適合在站著做愛時使用，她同時展示了臥室天花板裝設的特殊設備，原來是兩個堅固的吊環，她隨即用皮繩綁住李欣的雙腕，繩子穿過吊環後拉緊，讓後者雙臂高舉、雙乳挺聳地站在那裡，雙腿則用木棒撐開，整個人成了「火」字，那美好的身軀一覽無遺。

　　李欣完全無助地站在那裡，迎接著眼前這個女人的種種挑逗進襲。陳玲亮盡情地揉捏、舔舐了李欣的每一寸肌膚，又拿出潤滑油，為她按摩了乳房、下腹和陰部，更在囓咬她乳尖的時候同時愛撫她的雙臀，讓她陶醉不已。陳玲亮隨即拿出一個圓球，約莫有乒乓球大小，塞到李欣此時已經濕透的陰道裡，然後拿出某種遙控器，按下開關，圓球便振動起來，讓李欣不禁驚叫出聲。那感覺像是有人在她最敏感處持續搔弄，又癢又麻，卻是說不出的舒暢，才過十幾秒鐘，就讓她抵達無與倫比的高潮，'雙腿也軟了，卻因為手腕被縛而只能站在那裡忍受。

陳玲亮鼓勵她徹底放鬆，盡情享受，想叫的時候就叫出來，什麼也不必顧忌，於是李欣便緊閉著眼睛，仰起頭來狂叫了，從陰道傳來的陣陣強烈快感讓她猛力甩頭，身子劇烈扭動，卻無論如何逃脫不了一次又一次的高潮，整個人幾乎虛脫。她忍不住哀求陳玲亮關上遙控器，後者卻只是笑著搖頭：「還有妳受的呢，不要輕易放棄。」她隨即過來緊抱著李欣，感受後者的身體抽搐，同時奉上熱情的舌吻，李欣叫不出來，下體的快感便更強烈了

過了大約半個小時，李欣起碼經歷了幾十次高潮，也顧不得手腕疼痛，整個人站都站不直，只是軟軟地掛在那裡，嗓子也喊啞了。陳玲亮這才解開她雙腕和足踝的束縛，扶著她躺到床上，又掏出她陰道裡的圓球，隨即無比輕柔地吻著她，一面按摩著她的陰唇和陰蒂。李欣的整個陰部此時特別敏感，陳玲亮的手彷彿帶有電流，讓她不由自主地又產生渴望，扭動著身子呻吟，卻不知道接下來還有什麼甜蜜的折磨。

只見陳玲亮挑了最粗也最長的一根假陽具，鮮紅色的表面有突出的黑色豹紋，又在胯腹部位套上一個形狀怪異的皮製裝置，把假陽具固定在下體那裡，大約就是男性陰莖的位置。她把李欣拉起來，讓後者坐上一張舒適的皮椅，像美髮店的椅子那樣可以升降，隨即把李欣的雙臂綁在把手上，又把她的臀部往前拉至椅邊，雙腿也綁在椅把上，那飽受蹂躪卻依然充滿慾望的陰部便暴露出來。陳玲亮的最後一個準備步驟是把先前李欣用過的圓球塞入自己的陰道，把搖控器開到最高速，只見她的身子開始顫抖，眼神也變得狂野起來。

「準備好被我征服了嗎？」她問李欣的聲音有些不穩定。

「我隨時隨地都願意被妳征服。」李欣目光炯炯地望著她，早已迫不及待了。

陳玲亮俯身抓住李欣的頭髮，讓她仰起頭來，隨即充滿侵略地舌吻她，又吸吮她的耳垂和後頸，逐漸移到乳房和乳尖，然後是大腿內側，最後是陰唇和陰蒂。李欣再次領略到陳玲亮舌尖的威力，那不止息的挑逗幾乎要讓她發狂，卻完全無法抗拒，只能緊閉著眼睛仰頭呻吟。陳玲亮等她濕透了，便再度站直身子，把下腹往前挺，那巨大的假陽具便一寸一寸地慢慢插入李欣的陰道。李欣深吸一口氣，感覺那東西表面的突出斑紋摩擦、撩撥著她，癢辣熱燙，顯然是含有什麼藥物，在短短的幾秒鐘之內就讓她春情蕩漾，只希望被那東西狠狠地插上千百回，越用力越好，越威猛越妙。陳玲亮繼續推進，直到李欣感覺自己被那東西整個佔據，再也沒有一絲縫隙，而是無比地充實和飽滿。只見陳玲亮再次經歷了高潮，身子抽搐著，那假陽具便開始有力地抽插，而李欣從來沒有遭遇過這樣粗壯的陽具，儘管是假的，在她想像中卻只有大象才能有這樣偉碩的陰莖。陳玲亮每次的抽插都讓李欣體驗到無窮的快感，她開始狂叫，聲音從嬌媚到豪放，到最後則動人心魄，而陳玲亮持續著動作，自己享受高潮的同時也把李欣往高潮推送，讓她以為自己要死了，卻寧可死也不肯錯過這絕頂美妙的一刻。

她在李欣即將抵達高潮時慢下動作，兩人都喘息不已。「妳要嗎？要就睜開眼睛看著我。」她再次經歷高潮，猛地往前硬頂，李欣又尖叫起來，卻聽話地睜開眼睛。假陽具此時幾乎已經完全沒入李欣的陰道，陳玲亮也近在眼前。

「我要，我要妳插我，要妳幹我，讓我爽——」李欣定定地看著這個讓自己啟蒙的女人，上身挺起，臀部前移，把雙腿張得更開了。她知道自己雙腿張開時的感受最能淋漓極致，此時也愛極這種坦誠和直率的投降，完全的開放，完全的無羈，完全的赤誠交流，完全的真實相對，不需要任何想像或掩藏。

兩人四目相對，陳玲亮極緩慢、極緩慢地再度開始抽插，李欣忍著不閉眼也不狂叫，只是望著陳玲亮，讓她把自己帶到天堂，而陳玲亮顯然也在極度忍耐，不讓自己太快抵達高潮。那飛升的感覺越來越高漲而難以抵擋，眼看著兩人都瀕臨高潮，陳玲亮在關鍵時刻用力把下身往前頂，兩人同時尖叫出聲，彼此都在對方的眼中看見這一刻的完美。

第十章

　　李欣逐漸覺得自己是活在同一個身軀裡的兩個人。在志傑不上班的四天裡，她早上去蔬果店上班，回家來和志傑做愛（或者應該說是被他綁著性交），然後做家事，忙三餐，偶爾看點小說和電視，胡思亂想。至於志傑上班的那三天，星期三和星期五其實沒有什麼不同，照樣是一天三餐和無止盡的家務，只是換到晚上被他從後面霸王硬上弓，善盡人妻的責任和義務。

　　而每到每星期四，去陳玲亮家的那一天，她彷彿成了截然不同的一個人，而且只是女人，完全放下了人妻身份。她得以追求性愛的狂放，盡情讓自己甩頭、狂叫、顫抖、抽搐，享受著性高潮的美妙絕倫。她在陳玲亮面前從不需要隱瞞或遮掩什麼，無時無刻只有直率、坦白而徹底的交流，實實在在地做自己，沒有擔憂，無須操心，更不在乎任何事。那就是女人完全的自由吧。

　　有趣的是，自從她開始每週固定去陳玲亮家以來，志傑對她的需求似乎更多了，每天都至少要操她兩三次，而且也懂得換花樣，儘管在過程中還是不能讓李欣體驗和陳玲亮做愛的那種絕頂高潮和自由奔放，卻給她增添不少快感，而李欣也樂得每天都能想像自己被強暴，她相信，那種被迫的感覺是她永遠不會在陳玲亮那裡感受到的。

　　像這個星期三，志傑傍晚下班回家，一進門，連飯也來不及吃，就如狼似虎地把李欣推倒在客廳的沙發上，三兩下扯掉她的衣服，又拉下領帶綁住她的手腕，然後讓她趴在扶手上，自己從後面猛力插入，進攻的力道極強，讓李欣不禁閉上眼睛呻吟。好不容易等他射精了，躺在沙發上喘息，李欣便去很快地洗了澡，然後張羅晚餐。兩人剛吃完飯，志傑又興沖沖地把碗盤掃到廚房水槽裡，然後讓她趴在餐桌邊，照樣綁好領帶，又從後面幹了她一次。李欣的臉貼著桌面，雙腕縛在身後，感受著志傑的威猛力道，心想老公不知道是吃錯了什麼藥，又懷疑他是否知道自己另有歡愛的途徑而有意競爭，又或者是他自己有外遇，所以心生歉疚而想補償她吧。不管是什麼原因，她都不在乎，畢竟她是人妻，讓老公高興就好啦。

當天夜晚上了床，志傑又開始操弄她，這次不但用兩條領帶把她的手腕綁在床頭左右，更破天荒地把她的雙腳也綁在床尾的鐵架上，讓她的雙腿無法闔攏，成了個「大」字。這可是四條領帶呢。李欣一面讓他擺佈，一面打趣地問：「怎麼有興致買新領帶啊？」

志傑連上身的睡衣也不脫，只是忙著拉下睡褲，趴到她雙腿之間，把自己的陰莖瞄準她的陰道插入。他頭也不抬地動作著，這才回答：「人不都有四肢嗎？三條領帶怎麼夠？我回家的時候順便去百貨公司挑了一條新的，就是要回來好好幹活，這次非把妳操得呼天搶地為止。」

李欣知道自己雙腿張開的時候最能體驗快感，卻不提這一點，只是乖乖地閉上眼睛享受志傑的動作。他壓著她用力抽插，一手伸到她下腹愛撫那裡的陰毛，另一手捏著她的乳頭，同時啃著她的耳垂和後頸，間或喘息著低語她有多麼性感誘人，自己多麼愛她。李欣趴在那裡，想像這次強暴自己的人是大學時代的班代表，然後是高中時代的軍訓教官，甚至是小學導師在校外教學時把她拉到哪個偏僻無人的公共廁所裡去上下其手。陣陣快感襲來，果然比以往要刺激一點，她便對著床單呻吟，感覺身後的志傑更起勁了。

到了星期四早上，她去陳玲亮家，兩人拿著振動棒彼此歡愛後，陳玲亮去拿了葡萄酒和杯子，兩人倚在床上品酒聊天，李欣便提起這事。「我覺得自己像是一塊肉，被他放在砧板上任意擺佈、宰割。他要的只是我兩條腿之間的那個洞，而且只是單方面的動作，卻不管我要什麼，是否能盡興，而我甚至連個性愛娃娃都不如。所謂的夫妻情趣，在我們結婚五年之後似乎早就消磨殆盡了，也難怪我得想像不同的強暴對象，自己才能製造一點快感。」

陳玲亮喝著酒，一面深思地看著李欣。「妳真的想被強暴嗎？或者只想換個男人做愛？」

李欣笑起來，在她臉上吻了一下。「我當然不想啦。強暴是犯罪行為，是對於人性的踐踏和抹滅，我也不認為真有哪個女人會願意被人強暴。」她思索了一會兒又說：「我只是覺得，他對待我的強橫和蠻不在乎，幾乎就像是強暴我一樣，也從來沒有問過我是否喜歡這樣做愛。他只是假設我喜歡，因為他自己很享受，同時因為我們結婚了這麼久，他覺得這樣做是天經地義吧，就好像三餐吃飯那樣。現在我想起來，從我們的初夜到現在，他每次做愛都要把我綁起來，就好像他要是不綁我，自己就達不到高潮，就會失去雄風似的。我真不知道，這是因為他自己缺乏信心，還是覺得做丈夫的就要凌駕於妻子之上？又或者他擔心我如果不受制，就會反過來主導他，甚至就不愛他了？」她想到自己上次有機會採取主動，確實讓志傑大呼滿足，自己也能稱心如意，但那畢竟是經過志傑的允許在先，而在那之後，他立刻回復原先的主宰地位，每天還是照樣綁她。

她把這事也說給陳玲亮聽了，後者便摟著她的肩膀安慰。李欣倚在陳玲亮胸前，聽著後者有力而穩定的心跳聲，不禁覺得安逸寧順，說不出的靜謐和舒暢。

兩人沈默地依偎了許久，陳玲亮才再度開口。「妳知道，我當初就是被強暴，這才嫁給那個人當老婆的。」

李欣嚇了一跳，不禁坐起身來直視著她。「怎麼會這樣？」

陳玲亮苦澀地輕笑一下，又拉著李欣躺回自己懷中，這才開始敘述陳年往事。「我當時才十九歲，大學剛唸完一年，趁暑假的時候回家幫忙，順便在附近的水果罐頭廠找了個兼職的帳務工作，因為我學的是會計。我回去還有一個原因，就是要和我男朋友相聚，他是我初戀情人，我們從國中就認識了，雖然只是牽手的程度，我卻很愛他，也想一輩子和他在一起。」她的眼神中彷彿流露出少女時代的嬌羞。

「我男朋友當時沒考上大學，只好在罐頭廠當司機，我家裡人嫌他窮，一直要我和他分手，我卻不願意。我去罐頭廠，多少是因為他在那裡，可以每天見到他，下班之後也能在一起。」

「只不過，那裡的廠長是個有錢的中年人，也就是我後來的老公林山崗。他是我們那裡的大財主，當時才四十歲出頭，卻有了好幾棟大房子，也沒有結婚，只聽說前後有過幾個女朋友。我當初去面試的時候就感覺到他盯上了我，色瞇瞇的眼睛把我全身上下打量，沒問幾個問題就拍胸脯說要錄用我，臨走的時候還特別摟著我的肩膀，把我送到門口，感覺噁心極了。」

「他這樣明顯，妳一定很難受吧。」李欣幽幽地問了一句。

「是啊。我家裡人聽說我找到罐頭廠的會計工作，非常高興，因為我媽那時候生病，我爸得照顧她，就靠我這個唯一的孩子賺錢，我也以為那只是暑假的兩個月，忍一忍就過去了。」

「那妳男朋友不擔心嗎？」李欣又問。

「他那時已經給林山崗當了將近一年的司機，每天卑躬屈膝，當然不能說什麼。我知道他也有家裡的責任要擔當，因為他父親早死，卻得照顧母親和三個弟妹。」

「我就這樣忍著，每天都很小心，然而才過兩個星期，林山崗就找到了機會。」

第十一章

「當時是月底總結帳務的時候，廠裡忙翻了天，等傍晚到了下班時間，大家都走了，包括我男朋友，我卻得留在辦公室整理帳冊。」陳玲亮的眼光極為遙遠，彷彿又看見那悲慘的一天，然而她的口氣平淡而陌生，就好像在說什麼其他人的事。

「林山剛給我叫了便當和飲料，然後留我在辦公室工作，過了半小時，我只覺得一陣頭暈，整個人軟弱無力，趴在桌上，他這才進來，嘻嘻笑著說是給我下了藥，然後就把我扶到他辦公室的桌前，自己脫了衣服，然後開始脫我的。」

「我當時沒有力氣，但神智還很清醒。我哭著哀求他放過我，說我已經有男朋友了，他卻只是笑著說我男朋友是個窩囊廢，還不如跟著他這個有錢有勢的大男人要好。他把我的衣服脫掉，然後讓我躺在桌上的一大堆文件上，就開始舔我全身。我那時是處女，沒有經驗，被他舔得又害怕又難受，他卻興致高昂，特別專注於我的乳房和大腿內側，又把我翻過來，舔我的屁股。他的手在我陰道那裡摸來摸去，把我的陰唇和陰蒂摸了個透，隨即宣佈說我準備好了。」

「他把我翻過來，爬到我身上，給我看了他那粗大的陰莖，說這都是我自找的，長得太漂亮又太風騷，讓他每天上班都魂不守舍，胯下脹得難受，又已經渴望我太久。他把那又硬又熱的肉棒塞到我嘴裡，我嗚嗚地叫不出來，只是被他一直插到喉頭那裡。他插了好一會兒，開始喘大氣，這才爬下來，改插我的陰道，痛得我幾乎要昏過去。那是我的第一次啊！我躺在那裡狂哭痛叫，卻毫無力氣掙扎，就這樣被他插了十多分鐘吧，他才終於達到高潮。」

「我以為他完事了，可以放我走，沒想到他又開始舔我，把我陰道那裡的精液和鮮血都舔了個乾淨，桌上有許多文件都染了血，他也沒理會。然後他把我拉起來，讓我轉身趴在桌上，又從後面開始插我。我當時已經叫啞了聲音，淚水也流乾了，整個人像是已經死了，又像是靈魂出竅，懸浮在高空中，看著他插完我的陰道又插我的肛門，我卻什麼感覺都沒有。」

「他把我翻來覆去，折騰了大半個晚上，我從來不知道性可以這樣殘酷，也沒有想過男人竟然可以這樣蹂躪女人。我曾經想過，如果和男朋友做愛會是什麼滋味，但我們那裡民風保守，我只不過和他牽過幾次手，街坊鄰居就已經開始說三道四、閒言閒語。那時我被強暴，心裡就知道這一輩子算是完了，沒有人會想娶我，大家也只會說我是蕩婦，是妓女，是破鞋。我熬過了那次強暴，整個人卻從那一刻開始就死了，直到林山崗在十二年後病死，我才又活了過來。」

李欣沈默地聽著這番驚心動魄的表白，感覺陳玲亮的手好冰涼。

「我回到家的時候已經天亮了，我爸正在焦急地等著，怕我出了什麼事。等我哭著把事情告訴他，他卻興高采烈，說我們家從此不愁吃穿了，我媽的病也有錢治好了。面對家人的這種反應，我還能說什麼？我去找我男朋友，他卻說我一定是行為不檢點，才會被林山崗有機可乘，又說他等了我這麼久都是浪費時間，早知道我嫌貧愛富，寧可用清白的身子換來榮華富貴，他當初就不會愛上我了。我哭著求他，心裡卻知道這一切都是枉然，也痛恨自己看錯了人。」

「在那之後，林山崗很快就上門求婚，我當時已經心死，家裡人又贊成，只好就這樣嫁給他，也沒有再回去唸書。每次碰見有人說我運氣好，年紀輕輕就嫁給大財主，享受榮華富貴，我都只能在心裡冷笑，因為我早已經是行屍走肉了。他也像妳老公那樣，每次做愛都要用強，手段越是複雜殘酷，他就越是開心。妳上次問我乳頭周圍和大腿內側為什麼都是疤，這都是被他用香煙頭燙出來的，我也被他扯著頭頸往牆壁上撞了不知道有多少次，只是用頭髮蓋住而看不見疤痕而已。」

李欣確實問過這件事，此時便用手去摸，那些疤痕早已黯淡，不用心看就察覺不出來，造成的傷害卻是一生一世的深重。

陳玲亮享受著她的愛撫，一面又說下去：「林山崗一直想要孩子，他有過幾個女朋友之後卻終於和我結婚，想來也是因為我年輕，生兒育女的機會比較大，卻始終不能如願。如果說他終生遺憾的就是這件事，到死都不能瞑目，那其實也沒說錯。這當然是他自己的問題，我卻覺得這種絕子絕孫是他最好的報應」

「我確實不愁吃穿，林山崗也出錢給我媽治好了病，又給我們家換了一棟大房子，每個月固定給我爸媽零花，讓他們能安享天年，所以我對他多少也是感激的。他也是一天到晚要做愛，每天都在進補，什麼人參啊，熊掌啊，海膽啊，虎鞭啊，每次吃完就要脫我的衣服，說是要播種，我卻覺得自己像母豬，隨時隨地都得受他宰割。我們住的那棟大房子，樓上樓下的每一個房間，包括後院和車庫，從地板到牆壁，從餐桌到馬桶，都可以是他操我的地方。他喜歡在做愛時掐我的脖子，也有許多性愛玩具，都是皮鞭和手銬一類的，他以為自己只要能展露雄風就代表精子優秀，所以我們沒有孩子就一定是我的錯。等他患了癌症，身子越來越弱，卻還想靠吃藥來振作自己以和我做愛的時候，我就知道他的氣數已經盡了。」

「後來我爸媽過世，我也沒有牽掛了，林山崗死後，我把房子和罐頭廠賣了一大筆錢，自己一個人搬到這裡來，誰也不認識，我也一直沒有再結婚，只是享受著一個人的生活。我不想屬於任何人，也不想再為任何人盡什麼責任和義務，我這條命是我自己的，不管是和誰交往、上床，只要活得開心自在就好。」

說到這裡，陳玲亮放下酒杯，雙手捧住李欣的臉，正視著她。「自從妳來店裡工作，讓我的生活增添了無數歡樂，我非常感激，但我要說的是：妳不欠我什麼，我也不欠妳什麼，我們之間有了這一段好日子，就只要珍惜眼前的樂趣，不必擔心未來，也不要強求什麼。如果有朝一日我離開了，妳的日子還是得照樣過下去。」

李欣握住她的手：「妳不必擔心什麼，我了解，我——」

陳玲亮用一個吻堵住她的嘴，隨即再度開口：「妳要知道，所謂人妻，必須先做人，才做妻，否則就連豬狗也不如。我們既然嫁了人，當然就有做妻子的責任和義務，但我們還是要先做人，讓自己過得好，過得充實而滿足，然後才能把老公照顧好。妳懂我的意思嗎？」

　　李欣點點頭，不禁緊緊抱住陳玲亮，全心全意地吻著她，後者也熱情地回應。兩人相擁著倒在床上，珍惜著這一刻的知心。

第十二章

　　陳玲亮說李欣從來就只和老公上床，沒有體驗過和男人做愛的真正好處，想介紹幾個朋友給她認識，她卻覺得這不妥當。

　　「有什麼不妥當？妳害羞嗎？」陳玲亮直接了當地問，深知兩人可以無話不談。

　　「害羞是當然的，只不過——」李欣想了想，才找到話語來形容自己的感覺。「我們在一起這麼久，因為都是女人，所以我不覺得自己背叛老公，我們的關係不算外遇，妳也不是我的小三。但是如果我開始和其他男人見面，甚至做愛，感覺就有點對不起老公了，畢竟我結了婚，不應該再和其他男人糾纏呀。」

　　「這樣說的話，不妨換個角度想吧。」陳玲亮建議。「妳和其他男人做愛，只當是上健身房，不牽涉到情感，更沒有責任義務的關係，就像來我這裡一樣，只是一種身心慰藉，誰也不虧欠誰，也不必要求或付出什麼。如果能因此學到一些技巧，對妳和老公之間的性愛關係也會有幫助。」

　　「可是——」李欣還在遲疑。

　　「這樣吧，下星期我請一個技巧最棒的朋友來，我也先在場，幫妳熟悉一下過程，等妳自信滿滿了，才開始獨當一面，這樣好嗎？」

　　「不會是我上次在蔬果店看到的那一個吧？」李欣皺皺鼻頭，看起來滿可愛的。

　　「當然不是，」陳玲亮大笑起來。「那人只是小菜一碟，我這個朋友卻是滿漢全席。」

　　就這樣說定之後，李欣一整個星期都在胡思亂想，不知道陳玲亮會給她介紹什麼樣的男人。而在此同時，她面對志傑每天每夜的需求，也比較有反應了，不但會在他從後面來的時候扭動幾下屁股，呻吟幾聲，更會要他再插得用力一點，再深一點，在快感來襲時也放浪地叫著他的名字。志傑看她竟然有如此的反應，欣喜萬分，覺得自己再怎麼樣也疼不夠老婆，結婚五年之後還能讓她在自己的猛烈攻勢之下神魂顛倒，不禁越發努力了。他開始上網搜尋性愛玩具，李欣卻笑著說：「還是多買幾條領帶吧，有空的時候讓我也把你綁起來。」

星期三晚上，李欣被丈夫一連操了三次，一次在餐桌旁邊，另外兩次在客廳地毯上。志傑沒聽李欣的話，果然買了性愛玩具，卻是一副覆有天鵝絨的手銬，他還神秘地掏出一件包好的衣服，要她當場試穿，原來是性感的黑色薄紗低胸小內衣，蕾絲內褲則是鮮紅色，在胯間有個大洞，穿起來連陰毛都遮不住，更別說是陰道了。李欣笑著說這東西不倫不類，志傑卻飢渴地把她的手腕銬在身後，把她推到地毯上，從後面插入她，一連動作了將近五分鐘才達到高潮，就他慣常的標準而言算是很不錯了。李欣覺得這樣的性愛很有意思，明明穿了衣服，卻比沒穿還方便，而她腦中想像的那個男人依然身形模糊，看不清楚面目，就像在霧中摸索一樣。

到了星期四早上，李欣按了陳玲亮家的門鈴，等後者開了門，她一進客廳就看見沙發上坐了一個好看的男人，不禁緊張起來。陳玲亮把她拉過去，那男人也站了起來。「這是我的好朋友，梁恆生，我們都叫他『恆生指數』。」李欣有些羞澀地和對方握了手，也沒仔細想陳玲亮話中這個「我們」的含義。

只見梁恆生大約四十歲，身材壯碩，陳玲亮和李欣身材相當，站在他旁邊卻像是小鳥依人。他穿著式樣輕便的白襯衫，牛仔褲，臉部線條剛硬，鬢邊微微有些白髮，態度卻很自然。他看李欣的眼光十分友善，毫無逢迎討好的意味，讓她也覺得自己沒有必要退縮或隱藏什麼。

陳玲亮開了一瓶紅酒，三人便在客廳閒聊起來，梁恆生問了李欣的婚姻狀況和個人嗜好，又說自己還是單身，目前在一家廣告設計公司當主管，平日喜歡看電影和旅遊，偶爾會讀人物傳記和財經報導。等一瓶酒喝完，李欣全身上下有了暖意，陳玲亮看她的臉色也紅潤起來，便站起身。「我今天有事，非得出門不可，你們就繼續聊吧。」

李欣抬頭有些哀求地望著她。「妳真的不留下來？我們不是說好，妳要在場幫我熟悉狀況，讓我有信心——」

陳玲亮笑著捏捏她的臉頰。「妳一個人沒問題的，相信我。我會盡快在下午回來，就聽妳的好消息啦。」她又轉頭叮嚀梁恆生：「你幫我好好招呼她啊。有什麼不滿意的，我事後唯你是問。」梁恆生便笑著點頭要她放心。

李欣把陳玲亮送到門口，看她離開，才關上門，一回身，梁恆生已經站在那裡了。他個子果然偉岸，整整比李欣高了一個頭，像燈塔那樣引人注目。她注意到他的領口敞開，微微露出濃密的胸毛，不禁有些心神蕩漾。只見他伸出手來迎接她：「我們這就開始吧？」

李欣有些畏縮地踱到他身前，腦中千頭萬緒，不知道應該說什麼才好。她知道自己即將走上一條不歸路，一旦採取行動就無法再回頭，但她又知道陳玲亮是對的，如果她完全沒有和其他男人做愛的經驗，就無法判斷志傑的技巧和風格是否真適合她，夫妻倆自然也沒有突破性愛瓶頸的機會。而在此同時，她雖然緊張得微微發抖，卻也羞澀無比，頗像懷春的少女充滿期待而又欲語還休。這畢竟是個陌生人啊，誰知道他們之間的交流會是什麼模樣？

梁恆生看她不說話，便拉起她的手，像是在聖壇前面宣示那樣開了口，態度坦白而直接。「我知道妳既緊張又害怕，卻還是要請妳相信，我不會傷害妳的。任何時候，如果妳感覺不對就直說，我會立刻停手。我也希望妳有什麼感受和想法就告訴我，我們隨時溝通，這對我們雙方都有好處。還有，」他微微露出笑容。「我的動作有點慢，希望妳到時候不要介意。」

話已至此，李欣還能說什麼呢？她知道自己就算臨陣逃脫，陳玲亮也不會笑她膽小，而她相信梁恆生也不會在乎，像他這樣英俊瀟灑的人應該不缺女伴。但眼前是難得的好機會，她不認為自己錯過這次際遇之後會再有勇氣嘗試，而她如果不親身體驗過，只怕從此一生一世都會不止息地猜疑當時會是什麼景況。

於是她深吸一口氣，點了頭，就此把自己交在這個陌生男人手中。

第十三章

　　梁恆生站在李欣面前，低頭專注地看著她，而她無法逃避那目光，只能強迫自己抬頭回望那對深邃的眼睛。「你常做這種事嗎？我是說，和陌生女人做愛？」

　　她這天穿的是一件滿合身的白襯衫和碎花長裙，梁恆生伸手把她的髮絲挪到腦後，又解開她頸部的第一顆鈕扣，這才開口回答。「我確實有點經驗。」他再解開一顆鈕扣，又解一顆，隨即敞開她的襯衫領口，露出裡面的白色胸罩上緣。「妳喜歡穿胸罩嗎？」

　　這算是什麼問題？「我不介意。」他的手指輕柔地沿著胸罩上緣移動，輕撫她的肌膚，讓她感到一陣戰慄。「我在家不穿，但出外就會，這是基本的禮貌。」

　　他慢條斯理地繼續解扣子，然後把她的襯衫脫下來，露出美好的上身。「為什麼說是基本的禮貌？妳其實沒有什麼遮掩的必要。」他俯身開始解她胸罩背後的暗扣，臉湊在她耳邊，溫暖的氣息弄得她癢癢的。

　　「總不能在公共場合晃蕩著乳房吧。」她的聲音有些不穩定，體驗著他解下自己胸罩的感覺。她豐滿高聳的雙乳至此完全裸露在梁恆生面前，而他的表情依然沒有變，只是專注地凝視她，目光從她赤裸的雙肩移到她的鎖骨，又往下轉到她的乳房。他伸出手指，沿著她的乳房輪廓輕劃，那觸感又暖又柔，讓她陶醉不已，乳尖便慢慢堅挺起來。他依然用指頭劃著，沿著她的雙乳繞了幾圈，然後順著鎖骨移到後頸，再從她背部正中央往下移，直到腰間。李欣感到一陣舒暢的麻癢，不禁挺了挺身，乳房便更高聳了，乳尖也堅硬如豆。

　　他再次俯身過來，這次是解她的長裙暗扣和拉鍊，然後讓裙子落在地上，露出她的低腰蕾絲內褲和其下的暗色三角地帶。他再度伸指沿著她的內褲上緣移動，那輕柔的觸摸從她的小腹陰毛邊緣移到臀部，實在是性感誘人，她立刻開始濕了。他確實懂得挑逗，讓她心癢癢的，那手指卻還在慢吞吞地探索她兩瓣屁股之間的那道溝。

　　李欣忍著自己的慾望，只是站在那裡不動，任他擺佈。不知道過了多久，梁恆生才開始脫她的內褲，動作卻還是極緩慢。他一定注意到她已經濕透了，卻彷彿沒看見那樣。她覺得內褲鬆了，便略微張開雙腿，讓它落在地上，隨即感到他的手指移到她陰部那裡，在陰毛之間穿梭，然後沿著股溝往下移到她大腿內側，在那裡稍作逗留，又轉到她臀部，沿著屁股的曲線旋移。她真想用雙腿夾緊他的手，又想讓他的手指立刻插入自己，卻還是忍住了。

　　梁恆生隨即後退一步，看著全身赤裸的李欣。「輪到妳了。」

　　這是他那個版本的前戲嗎？李欣從來沒脫過男人的衣服，每次和志傑做愛，總是他先脫得赤條精光，再三兩下把她的衣服扒掉。此刻她著迷地看著眼前的陌生男人，那襯衫和牛仔褲之下是如何強健的體魄？她伸出顫抖的雙手，開始解他的扣子，他只是站在那裡不動，看著她解開所有扣子，拉開他的襯衫，隨即深吸一口氣，看著他濃密的胸毛，手臂和腹部結實的肌肉。她的手沿著他的胸口移動，轉到他身後，那裡的肌肉也是結實魁武，從後頸到後腰則是一條刺青的蟠龍，張牙舞爪，威猛異常。

　　「刺青很痛嗎？」她再度轉到他身前，手指在他胸毛之間游移，感覺真不錯。

　　「還好，忍一忍就過去了。」他沈穩地站在那裡看著李欣。「入珠的時候比較痛。」

　　「什麼是入珠？」李欣開始解他的牛仔褲。

　　「妳很快就會知道了，」他微微一笑。

　　李欣也讓自己放慢動作，慢慢拉下他的拉鍊，然後輕輕把他的牛仔褲往下扯，隨即輕聲讚嘆起來。他穿的是緊身四角內褲，此時已經被他壯碩堅挺的陰莖撐得更加緊了，幾乎要爆裂開來。她差不多要害怕拉下他的內褲了，卻還是強迫自己繼續。果然，他的內褲落在地上，那壯觀無比的陰莖便直直地挺立在身前，彷彿是他背上的那條龍有了生命，此刻已經等不及要撲向面前的女人了。

　　他的陰莖又粗又長，雖然沒有陳玲亮上次挑的假陽具那麼雄偉，卻是貨真價實，而且上面嵌了幾粒陶珠，大概就是所謂的入珠了。她無法想像那會是什麼樣的痛楚，只猜想那是為了增添性愛的樂趣，讓女方神魂顛倒，欲仙欲死。她伸手去摸，那陰莖又硬又直又熱又燙，雄赳赳氣昂昂，陶珠彷彿在顫動，襯得他那兩顆巨型睪丸也特別壯碩。

　　此時兩人裸身相對，梁恆生才伸手捧住她的臉，俯下頭來。他的雙唇在她嘴前停住，輕柔地摩擦著她的，她便渴望地輕啟雙唇，他這才吻著她，舌尖先是沿著她的嘴唇邊緣游移，然後深入她口中，不慌不忙地探索，一點也沒有強橫的侵略感，卻更能挑起她的慾望。她閉上眼睛，仰起頭，伸出雙臂繞著他的後頸，雙乳緊貼著他毛髮濃密的胸口，感受著他技巧高超的吻，覺得自己要融化了。她被他吻著，更回吻著他，兩人的舌頭交纏在一起。李欣只感到面頰滾燙，全身發熱。

　　他的手開始移動。如果說陳玲亮的手像是帶有電流，那麼梁恆生的手就像一把火，移到哪裡就把李欣燒到哪裡。他的手掌完全覆住她的乳房，緩緩愛撫，拇指挑逗著她堅挺如豆的乳尖，另一手移到她臀部，同樣是整個覆住，輕輕按摩，她便呻吟起來。他隨即把雙手移到她臀部邊緣，就這樣把她整個人抱了起來，一面還持續吻著她。

　　李欣抱著他的頸子，雙腿纏著他的腰，隨著他退到一張高背椅前，坐了下來，她便坐到他堅實的大腿上，陰道緊緊抵著他的陰莖。他開始吻她的頸子和胸口，吸吮她的乳房和乳尖，她陶醉地仰著頭，閉著眼睛享受這番溫存。他隨即移動一下兩人的身子，讓自己的陰莖慢慢插入她的陰道，她不禁叫了出來，感覺他時入時停，讓她適應他的粗壯挺硬，她從來沒有經歷過這樣壯觀卻又溫柔的入侵，比上回被假陽具猛插還要過癮千萬倍，那種真切又充實的感覺漲滿她整個下身，而他甚至才只進入了一半。

　　他的幾粒陶珠讓她略感刺痛，他便停下動作，在李欣低頭喘息時舌吻著她，讓她又呻吟起來。等他完全插入，李欣只能全身顫抖著抱住他厚實的肩膀，頭埋在他頸間，雙腿緊夾著他的腰，感覺他的手移到她的臀部，蓄勢待發。「準備好了嗎？」他輕輕地問。

　　李欣連話也說不出來，只是點點頭。他略微抬起她的身子，然後慢慢放下，壯碩的陰莖嵌有陶珠的部位深入她的陰道，她猛地抬頭狂叫出聲，就此達到了高潮。

第十四章

　　那強烈的高潮讓李欣幾乎失去意識，全身抽搐，僅存的一絲知覺讓她緊緊抱住梁恆生，十指在他背上抓出血來。他讓她盡情喘息、呻吟，穩穩地抱著她，吻著她，讓她平靜下來。等她略微恢復，終於能抬頭看他時，他才再度開口。「想繼續嗎？妳這樣坐著，感覺當然深刻，如果躺到床上就好一點。」

　　李欣也不知道為什麼，突然害羞起來，也不管他的陰莖還深深地插在自己陰道裡。她把頭埋在他頸間，在他耳邊輕輕低語：「不，不要上床，這實在是——太偉大了。」

　　他沒有回答，只是開始緩慢地動作，有力的雙臂扶著她臀部，導引她主動參與這美好的過程。李欣又開始呻吟，感受著他的抽插，速度不快而卻威猛有力，每次插入都給她帶來無窮的快感，脫出時則不完全離開，只是讓陶珠擦過她的陰道口，讓她那裡快活舒暢不已，隨即又用力插入，逐漸讓她接近高潮。

　　梁恆生看她閉緊眼睛，仰起頭，便知道她已經準備好了，竟然挺身站了起來，一手摟著她的臀部，另一手扶著她的後腰，就這樣繼續抽插的動作，幅度越來越大，力道越來越猛，而李欣的叫聲也越來越放蕩而激昂。上身向後仰，雙腿緊夾著他的腰，盡力把下腹向前頂，感受著自己似乎要爆裂開來。隨著他最後一次猛力插入，李欣長長地叫了一聲，再次達到高潮，然後俯身趴在他肩頭，再也動彈不得了。

　　梁恆生抱著李欣走到廚房，把她放在餐桌上，讓她癱軟地平躺在那裡，雙腿大開，他的陰莖卻依然堅挺地插在她的陰道深處，只是俯身輕柔地吻她。他的手握住她的，把她的雙臂舉至頭頂，兩人手指交纏，他便低頭吸吮她的乳尖。

　　李欣幽幽醒來，發現他依然壯碩，不禁搖頭讚嘆。「你竟然能持續這麼久。」

梁恆生一笑。「我說過自己動作有點慢。」

這次他讓她躺著，自己站著開始抽插，給她的感覺果然又不一樣，快感沒有那麼劇烈，卻依然充實而持久，像洶湧的海潮那樣一次又一次襲來，淹沒著她，佔有著她，吞噬著她。她無助地躺在那裡，雙手舉在頭頂，雙乳晃蕩，緊閉著眼睛。她想夾緊雙腿，他卻有力地把她的大腿向外又撐開些許，讓她無法再用腿纏著他的腰，而是像平坦細緻的沙灘那樣完全對大海開放。她只覺得海潮越漲越高，勢不可當，她像一葉扁舟在海浪中漂蕩，浮載浮沈，完全無法抵抗，也不想抵抗。潮水漫天襲來，她要滅頂了，便又狂叫出聲，隨即在高潮抵達的那一刻體驗新生。

梁恆生這才抽出陰莖，俯身把她抱起來，進了臥室。他把李欣放在陳玲亮的那張大床上，輕柔地吻遍她全身。他似乎特別喜歡她的乳尖和大腿內側，一再吸吮，讓她纏綿不已地搖著頭，感受著那份溫存。就這樣享受了許久，她才用手肘撐起身子，推著他平躺在旁邊，一面熱吻著他，一面撫著他挺聳的陰莖，此時依然像石柱般堅實聳立。她不禁探身過去將之含在口裡，讓他的龜頭直頂到自己喉嚨深處，然後開始迎縮，只聽他滿足地嘆息一聲，一手撫著她的頭髮。

他教她如何吸吮、舔舐龜頭，以製造最強烈的快感，又讓她握住陰莖，保持適當的緊度，持續往根部挪移又放鬆，挪移又放鬆，模仿陰莖插入緊窄陰道的感受。她注意看他的表情，每次見他眉梢輕蹙，略微仰頭，便知道自己做對了，讓他很是享受。過了好一會兒，他閉著眼睛平躺在那裡，呼吸逐漸沈重，不再出聲指導，只是伸手阻住她的動作。

他讓她爬到自己身上，跨騎著他，堅挺勇猛的陰莖再度深深插入，直抵到她子宮頸那裡。她俯身低聲呻吟，臉頰摩擦他濃密柔軟的胸毛，又吸吮著他的乳頭。他挺起下身，用力抽插著她，讓她發出陣陣銷魂的浪叫。他隨即坐起來，讓她的雙腿緊纏著自己的腰，開始猛烈地吻著她的頸子和乳房。她熱情地迎接著他，這才體驗到他的雄偉不僅僅在於陰莖，更在於耐力，先前給她的三次高潮也只是牛刀小試。

他挺身把她壓倒在床上，正式展開攻勢，雙手和她十指交纏，固定在她頭頂上，一面猛力舌吻她，一面敏捷地抽插陰莖。她被他壓得無法動彈，臣服於他的剛勇，他寬碩的下腹和臀部把她的雙腿撐開到極致，整個身子彷彿要擠入她的，那些陶珠不斷摩擦著她的陰道口，她叫不出聲，只能從喉間發出愉悅的嗚嗚聲。快感越來越是強烈，幾乎讓她無法承受，他在關鍵時刻轉而啃咬她堅挺的乳尖，她便在達到高潮時狂喊出聲。但那條龍的動作越發威武了，前後竄動，矯健靈敏，每次插入都彷彿要刺穿她，讓她銷魂浪叫，每次回縮也都退到龜頭那裡，讓她失魂落魄地低吟，然後以千軍萬馬之力再度長驅直入，勢如破竹，她便又狂叫出來。

就這樣反覆經歷了四次讓她魂酥骨軟的高潮，他才開始低吼，逐漸加快動作，她此時已經全身癱麻，卻依然被陰道增生的快感激起無窮性慾，也知道他終於要射精了，自己無論如何也不能錯過這精彩的一刻。她勉力把臀部往上頂，迎合著他，同時用雙腿緊纏他的腰，重覆收縮陰道的肌肉，看著他揚頭皺眉呻吟，隨即低頭讚賞地看著她。「妳準備好了？」

她愛死了這個問題，也不作聲，只是點點頭，再次用力收縮陰道，讓他的臉因為快感而扭曲起來，隨即再度低頭吻她。他開始衝刺，速度和力道驚人地爆發出來，她被他插得全身抖動，呼喊聲越發浪蕩，她以前不知道自己竟然能這樣叫床，此時卻無法克制，非得透過聲音來表達自己感受的極度歡愉，又像是叫他不要停，繼續強插，繼續猛幹，徹底佔有她，讓她魂飛天外，就這樣被征服到死也心甘情願。她的高叫伴隨著他的低吼，逐漸到達頂峰，兩人的身子劇烈顫抖，他放開她的手，她便緊抱著他寬廣的背部，他的十指插入她的髮間，舌頭探入她口中，讓她叫不出來，隨即最後一次挺身用力插入，兩人同時達到高潮，那種觸電的感覺持續了將近一分鐘，她能感受到他的熱力直竄入她體內深處。

第十五章

　　不知道過了多久，梁恆生才以一個輕吻作結，脫出了李欣，在旁邊平躺下來，她卻翻身倚著他胸膛，頭枕著他肌肉魁武的手臂，像一隻小松鼠縮在參天大樹上。

　　等兩人呼吸平穩了，她便伸手玩弄他的胸毛和乳頭，感受著他輕撫自己的頭髮。「像你這樣的男人，怎麼會依然單身？」

　　他沈默了好一會兒才開口。「我愛過一個女人，她卻不肯嫁我。」

　　她不禁好奇心起。「是陳玲亮嗎？」

　　他不回答，只是俯過身子，極輕柔、極溫存地吻著她，讓她神魂俱醉，身子也緊貼著他。這是他唯一沒有回答她的一個問題。

　　他又開始專注地伸指輕觸她的每一個線條，乳房、腰間、大腿和臀部的每一絲起伏，彷彿在鑑賞極高的藝術成就。「每一個女人都是一部獨特的傑作，只等待男人去細心品味。像妳這樣美好的身子，是妳先生的福氣。」

　　他的手逐漸移到她下腹，改用手掌覆在她雙腿之間，一面加重力道愛撫，一面用姆指輕輕逗弄她的陰蒂。「這感覺好嗎？」他輕聲問著，她便閉上眼睛享受著那種讓人心癢的挑逗，感覺自己又濕了起來。他的手指在她陰唇之間的縫隙中緩緩來回滑動，逗弄陰蒂和陰道之間的敏感部位，讓她不禁仰頭呻吟，雙腿也張開了。他就著她的濕潤而把手指插入她的陰道，先是一指，然後逐漸增加到三個指頭，把她的陰道口撐得緊緊的，隨即在她陰道裡四處探觸，慢慢抽插，另一手扶住她的前額，間斷地親吻她，試探她的反應。「喜歡我在這裡繞圈嗎？……嗯，那這裡呢？……這個角度怎麼樣？夠用力了嗎？」她索求他的吻而不一定用言語回答，只讓身體自主反應，雙乳挺聳著晃蕩，一手捏扯著自己此時已是堅實如豆的乳尖，另一手握住他的，感覺起來像是在給自己手淫一樣。他的挑逗讓她性慾高漲，只想哀求他用那擎天巨柱般的陰莖再次猛烈進襲，卻又知道自己不該貪心，只是忍受著那既甜蜜又苦澀的折磨。啊，那快感逐漸蔓延到她全身上下，陰蒂傳來一陣又一陣觸電的感覺，讓她顫抖起來。

他看她即將高潮，便挺身跪到她雙腿之間，穩穩地將它們撐開，一手按著她胸口，小心地不弄痛她，而在她陰道中抽插的手指動作卻加快了，力道也越來越猛。她張著雙腿，把手臂舉至頭頂，盡情享受他不間斷的折磨，讓他把自己往極樂的天堂越推越高，在強烈的愉悅中越陷越深。他突然停下動作，讓她躺在那裡喘息不已，只能開口哀求他繼續。他微微一笑，要她挺腰抬起雙腿，保持在四十五度角的半空中，她乖乖聽話，等他的手指再度開始抽插，那感覺果然別緻，她費力高抬雙腿，陰道部位便特別敏感，很快就再次瀕臨高潮。

他最後一次用力插入手指，她便達到了高潮，才狂叫一聲，他就俯身把舌頭探入她口中，同時抽出她陰道中的手指，轉而摩擦她陰唇之間的縫隙。她叫不出來，只覺得劇烈的快感持續著，擴散著，全身抽搐，大張的雙腿無助地懸在空中抖動，更增添一種體內暢爽至極而全身即將爆裂成千萬碎片的衝動。這次的絕頂高潮續了將近三分鐘，她覺得自己被他折磨死了，心、神、靈、肉卻又徹底融合在一起，浸潤在這世界上最為至高無匹的歡愉之中。

李欣在半昏半醒中感覺梁恆生溫柔地在她前額吻了一下，然後下床穿好衣服，安靜地離開了。她渾身乏力地躺在那裡，回味著那番骨肉皆酥、欲仙欲死的滋味，每次想到他那壯碩宏偉的陰莖，他那技巧高明的手指，還有他時而細膩溫存、時而勇猛熱情的舌吻，下體就感到一陣強烈的悸動。她知道，女人一生中能遭逢這樣的性愛伴侶，僅僅一次便已足夠。她永遠不能也不會忘記他。

等陳玲亮回到家，開門進臥室的時候，李欣還赤身露體地躺在那裡胡思亂想。陳玲亮一笑，自己也脫下衣服，躺到她旁邊。「小傻瓜，想什麼呢？」

「我在想，梁恆生當初愛上的不知道是誰，對方又為什麼不肯嫁給他。」李欣把陳玲亮的肉體擁入懷中，一面思索地回答。「我在想，他一定很寂寞吧。」

「嗯，我認識他一年多了，從來沒看過他有伴侶。當然他和不同的女人上過床，但真正能進到他內心深處的人其實連一個都沒有。」陳玲亮輕撫著李欣的乳尖。

「妳當初是怎麼認識他的？」

「和妳一樣，也是有人介紹，」陳玲亮回憶著。「我去朋友家參加派對，第一眼看見梁恆生就迷上了他，只想立刻和他上床。當然是我先誘惑他，但他很大方地接受了我，那天晚上也讓我享受了無與倫比的性高潮。我們說他是『恆生指數』，就因為他能讓女人『居高不下』。妳先前應該也被他幹得很爽吧？」

「確實是輝煌燦爛，他這人真是不同凡響。」李欣回味著，又問：「你們常見面嗎？」

「妳要問的是，我和他是否經常上床吧？怎麼和我說話也開始遮遮掩掩啦？」陳玲亮笑著打李欣的屁股，在她假裝叫痛時又用熱吻撫慰。「說真的，他不管和任何女人做愛，從來就只有一次，絕不重覆。我後來和當時參加派對的幾個朋友談過，她們都承認自己和他上過床，可說也奇怪，沒有哪一個對其他女人有嫉妒的感覺，反而大家都說他好，也很珍惜自己和他之間的那一次，就好像他是什麼愛神似的。」

李欣在自己腦中和心裡深究，確實對陳玲亮或所謂的「大家」沒有任何嫉恨欽羨，正如梁恆生所說，每一個女人都是獨特的，毫無比較的必要。

「他這人的好處，就是能讓妳覺得自己是全宇宙絕無僅有的珍寶，而他願意花全世界的時間和精力來發掘妳，鑑賞妳，膜拜妳，」陳玲亮又說。「包括我在內，每一個和他做過愛的女人，到後來都對自己有了全新的理解，原本自暴自棄、自嘆自憐的人有了無比的自信，原本幼稚跋扈的人也變得成熟而善體人意，單身的人在不久之後就找到幸福的婚姻，而原本有外遇的人更是重新和老公熱戀起來。」

　　李欣非常同意這番話。「真的，女人一旦覺得自己有了價值，就懂得珍重自己，也渴望長久被人珍重，更願意盡力去追求那種珍重。」她嘆了一口氣。「我真希望他有一天能找到另一個合適的女人，就算是萬能的愛神也得有人照顧疼愛啊。」

　　「是啊，」陳玲亮也隨之嘆氣。「只不過，我們都希望他幸福，但他心裡的那個空洞很可能一輩子都沒有填補的機會。」

第十六章

　　那天傍晚，李欣回到家，身子雖然疲累，心裡卻掛念著老公。她知道志傑非常愛她，卻在和別的男人上床之後特別能體會到他的愛，這想法完全不合邏輯，自己也無法釐清，感覺卻真切深刻無比。或許志傑把「愛」和「擁有」混合在一起，因此他越是愛她，就越想透過蠻力佔有她，而他越是對她用強，就越相信她只屬於自己，也願意毫無保留地接受自己。他那經年累月霸王硬上弓的方式或許不適合她，但她如果不讓他知道自己期盼溫柔，期待主動，期許新意，而不總是覺得自己被理所當然地當成三餐享用，他就永遠不明白兩人的性愛生活有改變的必要。

　　其實她也不需要他徹底改變什麼。此刻她回想起來，志傑的強橫確實能給她快感，而他也不是沒有換過花樣，只是還在嘗試而已。她想到自己初夜時被他幹得刻骨銘心，真正成了女人，她上回難得的一次採取主動也讓夫妻倆非常享受，可見兩人之間還是潛力無窮、充滿希望啊，關鍵只在於他們是否願意繼續並肩前行而已。

　　或許夫妻之間的「愛」就是並肩齊心的承諾和實踐，而不是任何一方對另一方的強佔或退讓，領導或跟隨，強索或給予，施捨或哀懇。至少，此刻的李欣是如此相信的。

　　於是她略作準備，在客廳等著志傑回家。好不容易聽見他掏鑰匙開門的聲音，她便站起身來。

　　志傑進了門，看見她穿著圍裙站在那裡，便放下手提箱，快步過來抱住老婆親吻，她也熱情地回應。他這一抱之下才發現，她全身上下就只穿著一件圍裙，遮住了胸口和下腹，背後卻是整個裸露，那豐挺的臀部和修長細緻的雙腿立刻讓他興奮起來。

　　「好老婆，妳今天怎麼這麼性感啊？」他開始上下其手，她也柔順地貼著他，讓他在自己身子各處亂摸亂揉。

　　「人家想你嘛，一整天沒有看見你啦，」她嬌聲說了一句，就雙手圍住他的頸子，獻上火辣的舌吻。她體會著他的享受，他胯下早已硬挺的陰莖，他一隻手愛撫著她的臀部，另一隻手已然探到圍裙下面，直搗她的陰道，她便抬起一條腿纏著他的下身，給他更大的活動空間。

他把她推倒在沙發上，開始解領帶，她卻阻住他的動作。「讓我來吧，今晚有你好受的。」她知道自己嬌媚的笑容足以讓他神魂顛倒，果然他也乖乖聽話，就這樣站在她身前，充滿期待地等著。她讓他雙手抱頭，雙腳分開，頂天立地般站著，自己給他慢慢解開領帶，敞開襯衫，露出光滑的胸口，隨即伸舌去舔他的乳頭，同時用手掌按摩他的胸膛和背肌。他被她舔得顫抖不已，她便讓手沿著他的腹部往下滑，輕輕解開西裝褲的扣子，讓它落在地上，隨即拉下他的內褲，他聳挺的陰莖彈了出來，她便將之含在口裡。

他呻吟起來，想放下手來撫她的頭，她卻不准他動，只是扶著他的腰，讓他的龜頭直頂到自己喉間，開始吸吮迎縮，又握住陰莖靠根部的地方，輕輕揉捏推送，一雙媚眼挑逗地上望，他便顫抖得更厲害了，閉上眼睛呻吟著。

就這樣折騰許久，她眼看著他接近高潮，便站起身來，讓他放下雙臂，近身抱著他熱吻，順手把他的手攏到身後。他正陶醉著，卻只聽喀嚓一聲，雙腕竟然被銬在背後，感覺毛茸茸的，想來應該是他上次給她買的手銬。她看他受制了，露出淘氣的笑容，這才把他推倒在沙發上，又開始為他口交，雙眼望著他的反應，雙手按摩著他的睪丸。他完全無法抗拒，只能面紅耳赤地坐在那裡，沒過幾分鐘就仰頭靠在沙發背上，緊閉著眼睛，嘴裡呻吟著喚她的名字。她在關鍵時刻仰起頭來，只聽他虎吼一聲，就這樣射了精，點點滴滴都噴在她臉上。

她看他喘息停當，喃喃說著自己有多愛她，這才拿圍裙慢條斯理地把他和自己清理乾淨，然後開始扭動身子，慢慢地把圍裙解下來，丟到一邊。她赤裸著身子，開始為老公跳艷舞，神情浪蕩，目光柔媚，雙手揉捏著自己的豐乳，輕撫著自己大腿內側，又扭著腰側轉身，展現自己嬌美玲瓏的臀部，讓他看得目不轉睛，嘴巴也闔不攏了，先前癱軟的陰莖又慢慢堅挺起來。

　　她坐在他前方的咖啡桌上，慢慢把雙腿張開，露出誘人的陰部，隨即對著他開始手淫。她此刻掌握了技巧，緩緩伸指摩擦著陰唇之間的縫隙，又輕按著陰蒂繞圈，享受著那種快感，嘴裡發出銷魂的呻吟，一面渴望地看著他。他開始懇求：「好老婆，妳放開我，讓我——」她俯身用沾滿自身愛液的指頭壓住他的唇，要他噤聲，他便把她的手指含到口裡吸吮，目光更熱切了。

　　她至此已經性慾高漲，全身燥熱，眼看他也迫不及待，便起身坐到他腿上，陰道直頂著他的陰莖，而他也自動往後仰，臀部前移，讓她有空間把雙腿纏到他腰後。她抱著他的頸子用力吻他，舌尖在他嘴裡盡情探索，感受著他的亢奮回應，又側頭輕咬他的耳朵，他便顫抖起來。她托起自己的乳房，讓他埋頭舔舐乳溝，吸吮乳尖，忙得不可開交，而她胯下的那條肉棒也變得又燙又硬，顯然是時候了。

　　她挺身推送，讓他的陰莖慢慢插入自己的陰道，兩人都發出滿足的嘆息。此刻兩人在沙發上緊貼著身子，角度不免彆扭，這卻也讓她的陰道更緊窄了，每次輕輕扭動臀部都讓他失魂落魄。她雙手十指插入他的髮間，捧著他的臉極溫存地親吻，喃喃說著自己愛他、要他，而他也低聲回應自己和她相依相守的承諾。這些話語是甜蜜的，卻也無比真切，更為夫妻倆增添了性愛的樂趣。她咬著他的耳垂，開始移動下體，感受他堅硬熱燙的陰莖在她陰道內移動，而他也開始用力抽插，兩人彼此迎合，互助協作，果然是快感陣陣。

　　她暫時停下動作，又開始親吻愛撫他，挑逗著他的性慾，沈浸在他對自己的渴望之中。她再度開始移動下體，這次扶著他的肩膀，輕輕撐起身子，讓他的陰莖脫出一半，隨即稍微使勁往下坐，同時收縮肌肉，讓他的陰莖用力插入自己又濕又滑又窄又緊的陰道，直抵到根部那裡。他立刻喘息起來，搖頭讚嘆她的手段，她則掌握著速度和力道，讓他配合著自己移動，一面閉著眼睛仰起頭，體驗著體內逐漸增生的快感，那歡樂而自信的感受越來越強烈，讓她整個人幾乎要爆裂開來，這不單是

因為兩人的性愛有了進展，此刻學到了齊心協力，也因為他們是伴侶，
更是夫妻。

　　到了關鍵時刻，兩人同時動作，雙雙達到高潮。他們抽搐著，喘息
著，在極樂的天堂裡深深相吻，彼此都覺得這就是一生一世。

　　而就在那一刻，她突然想到一個好主意。

第十七章

　　「妳覺得這樣做，可以嗎？」李欣在接下來的那個星期四去陳玲亮家的時候，仔細訴說了自己的想法。她希望這個好朋友能幫忙，而就算陳玲亮不願意，至少也能坦白直率、毫無窒礙地提供建言，從身為女性而又熟知男性的角度來幫她想個更好的計策。兩個女人之間確實已經到了無話不談的地步，但李欣的計策極為大膽，即便她知道陳玲亮不是會輕易受到冒犯的人，此刻在心裡依然有些擔憂，不希望對方覺得自己異想天開，無理取鬧。

　　陳玲亮沒有讓她失望，只是冷靜而理智地聽著她描述自己的思緒和動機，毫無大驚小怪或怨嗔憤嫉的跡象。「妳真是個好女人，我的眼光也果然很準。」陳玲亮摟著李欣的肩膀，在她臉上、唇上輕吻著。此時兩人並肩坐在床上品酒，李欣便愛撫著她赤裸的雙腿回應。「就妳所說的看來，妳老公深愛著妳，這是毫無疑問的，而他做愛的時候顯然也不一定要用強，只是習慣而已。妳知道他過去和女朋友親熱的時候也是這樣？還是只有對妳？」

　　「嗯，他不太提這方面的事，只說自己交過兩個女朋友，也和她們上過床。他提這事是在結婚之前，他拼命想和我做愛的時候，大概是想讓我心生嫉妒，有意競爭吧，」李欣喝著酒，笑著回憶老公的傻氣。「不過，他給我買手銬的時候，好像有提過自己不是第一次用，那種性感睡衣也不是什麼剛出道的男人懂得買的，所以我想，他過去在性愛上應該也比較強硬。」

　　「妳覺得他有自信方面的問題嗎？又或者，他可能覺得妳沒有信心或不甘願？」陳玲亮的手慢慢移到她大腿內側，品味那裡的細嫩肌膚。

　　李欣享受著這種溫存，思索了好一陣子才開口。「我想，他一直等到我們結婚之後才採取行動，當然是尊重我，卻也可能擔心我是處女而會害怕或逃避，因為他知道我完全沒有經驗。而他在那之後每天都要做愛，每次都要綁我，除了習慣之外，大概也是因為我初夜被他綁著達到高潮，他以為這就是讓我獲得快感的方法。我知道他一直想讓我高興，因為我們沒錢買大房子或出國度假什麼的。這或許可以解釋他為什麼每次下班回家都特別要從後面來操我，他可能以為這樣會幹得我特別爽，以彌補他沒有辦法賺更多錢來讓我享樂的歉疚。哎，」她長長地嘆了口氣。「我真的不知道。男人實在是複雜的動物。」

陳玲亮笑了。「我們女人也很複雜啊。」她開始愛撫李欣的陰蒂，後者便閉著眼睛呻吟起來，身子也開始扭動。「像妳就總是讓我驚訝，對性愛這麼投入，耐力又這麼好。」

「這都要感謝妳的指導啊。」李欣被陳玲亮逗弄得心癢難熬，起身把她壓倒在床上，用膝蓋撐開她的腿，又從床頭櫃的抽屜拿出陳玲亮最喜歡的一根假陽具，慢慢插入她已經濕透的陰道，就此抽頂起來。臥室裡很快就迴盪著陳玲亮動人心魄的叫床聲。

等陳玲亮也用那技巧高超的舌頭讓李欣達到絕頂高潮之後，兩人喘息著躺在床上，前者才再度開口。「就這樣吧，讓妳老公星期天獨自來我這裡。在此同時，我給妳介紹一家很不錯的店，讓妳自己有機會挑選一些喜歡的東西，星期一和星期二也不用來上班，在家裡好好和老公玩點新花樣。等星期四再回來，我給妳介紹兩個朋友，享受一下。」

李欣非常感動，不禁抱著她親吻。兩個女人又在床上翻滾起來⋯⋯

到了星期六傍晚，李欣開始假裝頭痛，婉拒了志傑想做愛的要求。她看得出來他有些不高興，畢竟這是他們結婚五年以來，她第一次在沒有月經的時候拒絕他，但他看李欣似乎痛得厲害，躺在床上動也不動，擔心的程度還是更多一些，忙著給她拿熱毛巾蓋在前額，又幫她遞茶倒水，拍鬆枕頭，拉好棉被，這才乖乖地被她趕出臥室，去客廳看電視，她卻躲在棉被之下偷笑。

星期天早上，志傑看李欣沒有起身去蔬果店上班，不禁更擔心了，問她要不要去看醫生。李欣假裝愁眉苦臉，只說自己想多躺一下，應該會沒事，又突然像是驚覺什麼事的樣子，拉住老公的手卻保持著有氣無力。「對了，我答應陳玲亮要在早上十點拿東西給她，現在沒法出門，你待會能幫我送去她家嗎？」

志傑皺著眉頭。「這不太好吧，我一個大男人週末去她家。妳不能打電話給她說改天嗎？」

李欣搖著他的手，假裝撒嬌。「不行啦，她不怎麼用手機，家裡也沒有電話，所以我有什麼事都是在蔬果店和她說。反正你去一下就好，感覺不對就立刻離開嘛。」

到最後，志傑還是答應了。等他在九點四十五分拿著李欣準備好的包裹出了門，李欣知道他必定會在陳玲亮家待到傍晚才回來，就放心地起了床，略微梳妝之後就出了門，去了陳玲亮介紹的那家店。店的位置有些偏僻，店面也小，裡面的商品卻是琳瑯滿目，應有盡有，讓她看得目不暇給。她向那裡的老闆娘介紹了自己，說是陳玲亮讓她來的，那體態壯碩而滿有豪氣的老闆娘便讓她進了店後的密室，那裡有更多別出心裁、與眾不同的商品，又要她隨便花多久時間逗留都行。

李欣挑了幾樣東西，拿在手裡，正準備離開，卻發現密室一角有個小間，似乎是隔音的，裡面的桌上放了電視和光碟機，椅子看起來也很舒服。她翻翻桌上陳列的光碟，發現有兩張特別顯眼，便坐下來欣賞。才看了幾分鐘，她就感到臉紅心跳，全身燥熱，不免張開雙腿，兩腳卡在椅腿後面，拉低裙下的內褲，開始手淫。她一面愛撫自己，一面看著螢幕上的女人如何使盡渾身解數和四個男人周旋，不禁心神蕩漾，很快就達到高潮。

第二張光碟更露骨，換成四個女人輪流擺弄一個身強體健的男人。螢幕上的她們把他四仰八叉地綁在床上，先後給他口交，又跨坐在他身上，像騎馬那樣把他幹了個淋漓盡致，每個人都達到好幾次高潮。後來她們忙著彼此撫慰，那男人趁機掙脫了綑綁，卻不離開，而是開始展開報復的手段，於是四人呼天搶地，欲罷不能，浪叫聲此起彼落，自是不在話下。李欣看得性慾高漲，內褲濕透了，只好又給自己手淫一次，聊作慰藉。

　　等李欣買下那兩張光碟和其他東西，回到家的時候已經是下午三點半了，志傑還沒有回來，李欣滿意地笑笑，自顧自地洗了澡，換了舒服的睡衣，躺回床上看書。看完一本小說，她也沒起身做飯，深知老公回家後不會立刻想吃飯，而是有更緊急的事要做。眼看著今晚又要叫外賣了，倒不知披薩店是否能營業到半夜？

第十八章

　　傍晚七點，李欣聽志傑進了門，在客廳裡靜悄悄地磨蹭了半天，一直沒進臥室。她坐起身，攏了攏頭髮，在鏡中看見自己氣色還好，就穿著睡衣走了出去。她看見志傑愣愣地坐在沙發上，便過去摟住他。「你還好嗎？怎麼了？」

　　志傑呆呆地抬頭看李欣。「我，我——」他張口結舌，半天說不出話來，到最後才搖搖頭，改問她的頭痛怎麼樣了。她溫柔一笑，說自己好多了，幾乎已經回復正常，他便放心不少，鬆了一口氣。她見老公實在是失魂落魄，便把他扶起來，回到臥室，也不開燈，只讓他在床上躺下來，自己緊抱著他的身子，提供安慰。窗外暮色漸深。

　　志傑安靜地躺了許久，李欣以為他累得睡著了，他卻終究在黑暗中吞吞吐吐起來。「妳那個老闆娘真是厲害，還有她那個孿生妹妹——」

　　李欣的興趣來了。她知道陳玲亮沒有妹妹，所以志傑遭遇的一定是別的女人，而且是兩個。她欣慰於老公總算開了口，又欣喜於陳玲亮的安排，後者畢竟顧慮到李欣已經結婚，夫妻情深，所以決定置身事外，卻又盡力幫忙，實在是善體人意。

　　她不說話，只是又向老公倚緊一些，鼓勵他放心地坦白一切。

　　「我按著地址找，到她家的時候是十點過五分，因為晚了五分鐘，所以立刻就按了門鈴，等她開門，我就自我介紹，遞過妳給我的包裹，轉身就想走，她卻請我進去喝茶，」志傑低聲地開始坦白了。「我說不方便吧，她卻說沒關係。我心想，反正大白天的，她又是妳的老闆娘兼朋友，不好得罪，於是就進了門。」

　　「她給我倒了茶，坐下來和我聊天，又問妳好不好。我說妳頭痛，在家休息，她就握著我的手要我放心，應該會沒事的。我心想這女人怎麼這麼大膽，沒事就去握男人，所以趁拿茶杯的時候抽開了手，她只是笑笑，沒說什麼。」

「喝完一杯茶，我又起身要走，她卻說有東西要交給妳，要我等一下。我在餐桌旁邊等了五分鐘吧，又喝了一杯茶，卻不見她出來，正想趁機離開，卻聽見她在叫我。我循聲找到她，原來是在臥室裡，我一進門就呆了，只見她赤身裸體，躺在床上叫我過去。」

李欣聽到這裡，知道好戲要上場了。只聽志傑呆了半晌，又開口說下去。「我當時整個人呆在那裡，手足無措，她只是媚笑著要我上床，又把雙腿張開，扭著身子挑逗我，她那對乳房啊……」他又不說話了，顯然還處於震驚狀態。

「我往後退了幾步，然後轉身要出門，另一個長相一模一樣的女人卻出現在眼前，啪地一聲就把臥室門鎖上了。我以為自己看花了眼，怎麼兩人從臉孔到身材都一模一樣，眼前的這一個倒是穿著衣服，但她立刻把門鎖的鑰匙塞到自己乳溝裡，然後挺著胸要我去掏。」

「我驚慌起來，突然感到一陣頭暈，只好退到床邊坐下。她們這才嘻嘻笑著湊過來，說是在茶裡放了好東西，讓我有機會風流一下。我也不是動彈不得，只是有點恍神，沒什麼力氣，身子其他部位的機能倒很正常。」他在黑暗中苦澀地笑了一聲。

「她們一前一後夾著我，開始解我的衣服。前面那一個把自己脫得光溜溜的，那把鑰匙也不知道被她丟到哪裡去了，她跪在我面前，撐開我的腿，就開始給我口交。後面那一個趴在我背上，摸著我全身上下，又親又咬我的耳垂和頸子，妳知道我那裡是很敏感的，何況我下身還有人……」

「我當時就硬了起來，實在無法控制自己的身體。現在我想起來，她們所謂的『好東西』可能是某種春藥，又或許是能讓男人保持長久硬挺的東西。她們讓我躺在那裡，一個跨坐在我肚子上，又舔又親我的臉和胸口，還咬我的乳頭，另一個繼續給我口交，技巧實在高明，讓我過不了幾分鐘就射了……」

志傑沈默了許久，李欣只是靜靜聽著他的心跳聲。

「我躺在那裡喘氣，雖然射了精，卻還很硬。口交的那一個把我舔了個乾淨，然後和另一個換了位置，又開始逗弄我，我就這樣射了好幾次，卻還是軟不下來……」

「她們把我拉到床中央，讓我平躺在那裡，然後兩個人都坐到我身上，後面那個用腿夾著我的腰，讓我插到她裡面，然後開始上下起伏，沒過多久就開始浪叫。前面那個張著雙腿，膝蓋夾著我的肩膀，身子往後靠，讓後面那個手淫，很快也叫起來。我想閉上眼睛，卻又不由自主地看著她們越來越興奮，弄得我心癢難熬，硬得難受，只想立刻釋放。等她們兩個都達到高潮，我也射了出來，實在是控制不了……」

他又不說話了，心跳得砰砰響，她可以感受到他的激動。

他終究鎮定下來，一口氣把話說完，顯然亟待傾訴。「在那之後，她們換了好幾次位置，每次都說我這樣勇猛威武，實在讓人崇拜，又說妳多有福氣，能嫁給這樣雄赳赳氣昂昂的男人。我當時有點自暴自棄，覺得自己沒有臉回家來見妳了，還是就此墮落算了。後來我又想，或許她們的誘惑讓我感覺有些飄飄然，因為我這幾年來就只有妳，我們每天做愛，我每天綁著妳從前面操，從後面幹，妳也一直沒抱怨什麼，最近又對我特別好，顯然我還是雄風依舊，雖說是被下了藥，但兩杯茶應該沒有多少藥量，現在能硬這麼久，一連讓兩個女人達到這麼多次高潮，看她們鬼叫成那副樣子，確實是很不錯的表現吧……我心頭一陣混亂，什麼也顧不得了，就開始從被動轉為主動。我到那時候已經分不清誰是誰了，反正是兩個女人兩個洞，我愛插誰就插誰，愛怎麼幹就怎麼幹，最好插死、幹死她們算了，也免得她們再來騷擾我……我讓她們並排躺著，掐著其中一人的脖子就開始幹，幹得她鬼哭神嚎了，就換另一個。等兩人都叫啞了，躺在那裡喘大氣，我又開始插她們的嘴巴，插得她們連哼都哼不出來，被我射得滿頭滿臉……後來我下了床，喝令她們兩人站起來，然後我拿了皮帶就開始抽她們的後背和屁股，抽得她們又叫又跳，兩個都跪下來舔我。我命令她們當著我的面彼此手淫，等她們興奮了，就讓她們趴在床邊，讓我在後面用力插，我插了陰道又插肛門，把兩人的四個乳頭捏得又紅又腫，大概也扯掉她們不少頭髮，誰叫她們要來招惹我⋯⋯到最後，我終於軟了，突然就清醒過來，想到妳在家裡等著我，又不知道妳頭痛得怎麼樣了，萬一實在糟糕，我一到家就可以立刻帶妳去看醫生⋯⋯所以我就離開了，但是在離開之前，我用皮帶加領帶，把她們五花大綁在床上，讓她們自生自滅去吧。我在床底下找到鑰匙，開了門，就這樣逃回家來⋯⋯」

第十九章

　　李欣在黑暗中抱著志傑，聽完這段驚心動魄的告白，感到他全身顫抖，便知道他這次的經驗實在是刻骨銘心，而他確實也說的是真話，毫無隱瞞。她捧著他的臉溫柔地親吻，只聽他激動萬分，快要哭出來了，只是低聲哀求她：「妳能原諒我嗎？我背叛了妳，可我當時實在是身不由主，是她們強迫我——」

　　李欣溫柔地吻著他，輕撫他的臉和胸口，同樣低聲回應：「這沒有什麼好原諒的，謝謝你這樣坦白地告訴我，也謝謝你在這一切之後還是回家來，回到我身邊。我知道你愛我，也要你知道，我真的好愛你，更願意一生一世回報你的愛。」

　　志傑感動得緊緊抱住李欣，猛力地吻著她，而她也以熱情相報。夫妻倆在黑暗中的床上翻滾擁吻，彼此愛撫，動作逐漸激烈，他扯開她的睡衣領口，深吻著她豐滿的乳房，吸吮她的乳尖，又把她的睡褲拉到膝蓋那裡，手掌探入她雙腿之間，感受著她那裡的濕潤。她抬腿環住他的腰，也把他的上衣拉掉，舔著他的胸口和乳頭，同時去扯他的長褲。他略微挺身，一把拉掉長褲和內褲，卻沒有立刻插入她，只是像她上次展示的那樣，伸指摩擦她陰唇之間的縫隙，讓她神魂顛倒地呻吟，也讓自己迅速硬起來。

　　這次兩人不用領帶或手銬，誰也沒有綁著誰，卻都主動而全心全意地愛著對方，只想為彼此付出一切。他抱著她翻過身子，讓她跨騎著自己，又挺又硬的陰莖慢慢插入她的陰道，直到根部那裡，他的粗壯讓她驚嘆，不禁俯身獻上火辣的舌吻，同時開始上下移動臀部，為他也為自己製造無窮的歡樂。她感受著自己體內的快感逐漸增生，而他也開始喘息，便慢下動作，讓他脫出自己，隨即把他燙熱的肉棒含進自己嘴裡，開始迎縮，看他躺在那裡搖頭呻吟。但他沒有等自己達到高潮就坐起身來，捧著她的臉親吻，讓她坐到自己腿上，再度插入她，他的胸膛貼著她的乳房，她的腿夾著他的腰，兩人緊擁著同時開始移動，彼此配合，動作越來越是猛力，愉悅的感受也越來越強烈而深刻，直到幾乎無法忍受的程度。

他們在關鍵時刻停下來，四目相對，深深凝望。

「我好愛妳。」志傑喘息著，即將射精。

「嗯，我也愛你。」李欣低聲回應，瀕臨高潮。

夫妻倆同時用力向前挺，雙雙抵達極樂境界，兩人全身顫抖，感受著觸電般的結合感受，彷彿成了一體。這是李欣結婚五年以來第三次和志傑做愛時體驗高潮，卻是兩人第一次在平等的基礎上體會到性愛的完美無瑕。

他們像新婚那樣纏綿了整晚，就算披薩店確實營業到夜半三更，也沒能賺到他們這筆生意。接下來的兩天之中，他們只當是度蜜月，除了必要的進餐和衛浴，幾乎隨時隨地都在歡愛。李欣半是羞澀、半是驕傲地展示了自己買的那兩張光碟，夫妻倆一起看了，從頭到尾評論不已，隨即開始自己做實驗，那些新買的性愛玩具也派上了用場。

志傑喜歡用振動棒摩擦她的陰唇，看著她呻吟扭動，一面穩穩地撐開她的雙腿，讓她的快感更為強烈。李欣則喜歡換上他買的性感睡衣，坐在廚房的料理台上，讓他站著從正面插入，自己的腿緊緊地環住他的腰。然而兩人最喜歡的還是那堅實的木棒，志傑在臥室天花板上釘了掛鉤，垂下兩個吊環，讓李欣可以自己高舉雙臂握著，然後把木棒拉長，兩端的皮環套上她的足踝，撐開她的雙腿。李欣全身赤裸地站在那裡，只穿了一雙高跟鞋，正適合志傑陰莖的位置。他先在她胸口抹上自己喜歡的鮮奶油，然後開始慢條斯理地舔舐她的乳房，吸吮她的乳尖，一面愛撫她的臀部和大腿內側，凝望她婉轉低吟，自己也慢慢堅挺起來，隨即伸指緩慢地摩擦她的陰唇縫隙，感受著她越來越濕，讓她陶醉地仰頭讚嘆，等她開始扭動身子，他自己也完全硬了，這才猛力插入她，讓她叫出聲來。他的手撫過她的臀部，從後面摟住她大腿內側，把她抱起來貼緊自己的身子，讓她的雙腿無助地懸在那裡，無法闔攏，更不能纏著他的腰，只能完全地迎接他，而她也充滿慾望地渴求。他用那又燙又硬又直又長的肉棒一次又一次插著她，每次都完全脫出又用力插入，讓她發出銷魂蝕骨的嬌呼聲，放蕩地叫著他的名字，喊聲越來越高，最後則開始求饒，哀求他就這樣幹她，操她，讓她徹底滿足。他的攻勢更為劇烈，加快速度，同時開始強力的舌吻，讓她叫不出來。她堅持著拉著吊環不放，就這樣達到高潮，全身劇烈抽搐，他卻繼續用力抽插陰莖，不肯輕易饒過她，這才鬆口讓她狂叫不停，充份表達心中的狂喜。

等李欣身子癱軟，雙手放開吊環，轉而摟住志傑的頸子求索溫存，他便抱著她回到床上，給她塞入陰道球，按下開關，卻不除下那木棒，讓她雙腿大張地俯跪著把他依然堅直挺立的陰莖含入口中，直頂到喉頭那裡。她每次達到高潮便全身抽搐，雙眼迷濛，嘴裡發出嗚嗚聲，不自禁地用力迎縮他的肉棒，讓他也舒泰無比，快感陣陣，逐漸逼近高潮。等他要射了，這才阻住她的動作，讓她躺下來，掏出那濕淋淋的圓球，然後把自己的陰莖插入她的陰道，開始盡力抽撞。經過這短暫的停頓，隨之襲來的高潮便特別猛烈，他們雙手十指交纏，雙眼四目互望，她的尖叫配合他的低吼，在臥室中迴盪，兩人都顫抖著享受絕頂快感，觸電般的感受在全身竄流，持續了將近兩分鐘，他才癱軟地倒在她身邊，除下那撐開她雙腿的木棒，讓她溫軟的身子緊緊纏著自己。

整整陶醉兩天之後，第三天，也就是星期三早上，志傑得上班了，李欣捨不得他走，卻想到星期天傍晚，她等丈夫回家時，看的小說中有這樣一句話：「兩情若是長久時，又豈在朝朝暮暮。」於是定下心來，幫他打理好一切。志傑臨出門，突然又想起什麼事似地讓她去換衣服，準備出門，畢竟此時是早上六點，她全身上下依然是一絲不掛。

第二十章

「我們這一大早的，要去哪裡呀？你上班不會遲到嗎？」李欣很快地套上內衣褲和洋裝，抓了皮包、套上鞋子就被志傑拉著走，一手忙著攏頭髮。

「我們去找妳那個老闆娘和她妹妹算帳，」志傑理直氣壯。「上班可以等，反正老闆要給我升等加薪，不會辭退我。」

李欣站住不動了。「你說什麼？」

志傑有些不好意思：「我本來想等今天公司正式宣佈，之後才回來告訴妳的，結果這兩天忙得不亦樂乎——」李欣聽到這裡，嬌羞地瞪他一眼，逗得他也笑了，很快地在她唇邊親一下。「真的是樂不思蜀呀，所以我就忘了。」

李欣又笑又叫，猛地跳到他身上，抱著他左親又親，也不管兩人此時已經在街上，樂得志傑也興高采烈，雙手摟著她的臀部。不巧旁邊走過一位老太太，瞪了夫妻倆一眼，李欣便羞得把臉埋在志傑懷裡，只聽他比著妻子說「老婆喜歡我做的早餐」，不禁笑出聲來，揍了他一拳，他也假裝叫痛。

兩人手牽手往蔬果店走，志傑便解釋公司的經營好轉不少，雖然沒有多雇人，也沒有要求現任員工增加工作天數，卻決定加薪以鼓勵他們努力上進。他又驕傲地說，老闆覺得他最近表現實在傑出，每天精神奕奕，自信滿滿，好像換了個人，做事效率也提高不少，因此決定給他升職為經理，以為犒賞，也讓他給其他同事做個榜樣。

「這真的很棒呢，」李欣也為他高興。「他們總算肯定了你的才幹和表現。」

「都要多謝妳這個好老婆啊，」志傑含情脈脈地望著她。「要不是妳最近對我這麼好，我也不會就這樣『換了個人』。」

兩人又在街邊擁抱親吻起來，至此都有回家做愛的打算，管他世事如何變遷，只有溫柔鄉才愜意。但志傑想了想，自己既然有老婆撐腰，還是決定去蔬果店了結這件事，之後也還是得上班，所以又像上戰場那樣抬頭挺胸開步走了。李欣在旁邊偷笑，深知陳玲亮的手段，絕對會把她這個傻老公整得服服貼貼，更別說當時和志傑上床的人根本不是這個老闆娘。不過，話又說回來，如果志傑遠遠看見那對雙生姐妹竟然在蔬果店，只怕當下就會心驚膽跳地逃之夭夭吧。

她又想，不知道那對雙生姐妹是誰，也沒聽陳玲亮提過，哪天倒是要認識認識，搞不好可以學到什麼本事。她想到陳玲亮要介紹的那「兩個朋友」，說是星期四早上要讓她「享受一下」，不免有些心神蕩漾，但她現在和老公親熱無比，在這方面的行事就得仔細考慮。

走到蔬果店前面，李欣也準備看好戲，只見陳玲亮站在店前整理清早剛進貨的各種青菜，志傑走過去，很有禮貌地問：「小姐，妳好，請問老闆娘陳玲亮在不在？」

陳玲亮假裝正經八百：「我就是。」她又向李欣打招呼，問她怎麼穿洋裝來上工。

志傑呆了，一旁的李欣早已忍笑忍到肚子痛的程度，只聽他又問：「妳怎麼變了長相？還有妳那個妹妹呢？」

陳玲亮一臉「你這人怎麼回事」的表情：「你這話是什麼意思？我向來就是這副長相，又哪裡有妹妹？」

志傑張口結舌地說不出話來，李欣這才幫著解釋，也都是她和陳玲亮事先商議好的台詞：「他是我老公啦，有點傻氣，妳別介意。星期天早上我頭痛，所以讓他把我為妳準備的東西送過去，結果妳當時不在家喔？」

「嗯，是呀，」陳玲亮也打蛇隨棍上。「我星期五就臨時有事要南下，到星期一早上才回來。不過，我請了兩個朋友來幫忙看家，她們也說東西收到啦。」

她和李欣互望一眼，兩人唇邊都有笑意，志傑只是搞不懂這一切，不知道上次把他霸王硬上弓的那兩個本事高強的女人怎麼會變成眼前這個精明伶俐的老闆娘，難道真是自己那天在作夢？可那夢又那麼真切，讓他此刻想到還心有餘悸。「嗯，啊，那麼——」他拼命想找話說，最後才掙扎地冒出一句：「妳那兩個朋友，啊，人很不錯。」

李欣差點爆笑出聲，這才對陳玲亮說自己回家換件衣服，最遲七點會來上工，而後者也滿有默契地對她眨眨眼睛。她隨即把志傑推出店。「好啦，你這個傻小子，快去上班吧，免得老闆查勤。」又聽他嘴裡還在低聲嘀咕：「身材倒是更好一點，卻只有一個……」

等李欣又回到蔬果店，陳玲亮說起這件事，兩人笑得直不起腰來。「妳真厲害，怎麼就找到這樣一對姐妹來修理我那個老公。」李欣讚不絕口，陳玲亮則是當之無愧。

兩人開始忙著整理蔬果，招呼顧客，好不容易閒下來的時候，陳玲亮才說起那對雙胞胎，姐姐叫趙文馨，妹妹叫趙文怡，都是認識已久的好友，也常在一起聚會。李欣接著轉述了志傑回憶自己遭遇的那段話，以及夫妻倆在接下來的兩天之中果然是天雷勾動地火，一發不可收拾，性愛生活有了極大的轉變，陳玲亮便點點頭。「她們兩個確實是多才多藝，單身上場能獨當一面，並肩合作更是威不可當。我當時聽妳說要幫忙，就覺得她們是最適合的人選，畢竟男人要以強對強，強到極點了，才會體會溫柔的好處。我料定妳先生會有這樣的反應，也知道你們之間不會有問題。最重要的是，妳不要忘記自己的奉獻和成就，這其中有一半是妳對老公的苦心，另一半則是老公對妳的愛，我們其他人其實沒有做什麼。」

李欣望著這個好朋友，心中除了感動，更有感激。老天爺給了陳玲亮十二年的辛酸，卻造就出這樣一個傑出卓越而面面俱到的女人。如果說梁恆生是愛神，那麼如果說陳玲亮是菩薩下凡來渡化眾生，那也不為過。這世間有多少剩男怨女，寂寥痴心，愁腸百轉，燈火闌珊，如果都能像她這樣受到陳玲亮的幫助，那真的就會是天下太平，世界大同了。李欣想到這裡，不禁覺得，陳玲亮要是就此腳下步步生蓮，眼發金光，手捧淨瓶，踩著祥雲飛昇入天，她也不會感到驚訝。

「小傻瓜，又在發呆啦？」陳玲亮捏捏李欣的臉。「明天我在家等妳？」

「沒問題。」李欣笑著在她唇邊吻一下，決定要盡力表現，作為對這個好朋友的答謝。

第二十一章

　　星期四早上，李欣送志傑上班，隨即打扮停當，去了陳玲亮家。她按了門鈴，聽著陳玲亮過來開門的腳步聲，兩人一照面，就在彼此眼中體驗到共識，也都充滿默契地同心期許：這一次，是李欣最後一次獨自來這裡。

　　李欣這天穿的是滿合身的短袖恤衫和牛仔短裙，她一進客廳，身著洋裝的陳玲亮就為她介紹了站在桌邊的兩個體形魁梧的男人，竟然又是一對雙胞胎，哥哥叫王立龍，弟弟叫王立虎，也果然是生龍活虎，英俊瀟灑，龍騰虎躍，勇不可當。

　　面對眼前即將到來的四趴，李欣既不緊張也不害怕。她這天的主要對象只是陳玲亮，這兄弟倆單單是點綴而已，可有可無。不過，話又說回來，她看見兩人臉上都是躍躍欲試的表情，不禁也有些心神蕩漾，誰知道他們會帶給她什麼樣的絕頂歡樂？

　　李欣放下皮包，轉身面對陳玲亮，擁她入懷，兩人便親吻起來。李欣主動為陳玲亮獻上火辣的舌吻，同時撩高她的洋裝下擺，一腿伸到她雙膝之間，撐開雙腿，開始愛撫她濕潤的陰唇和陰蒂，另一手則揉捏她的乳房。陳玲亮也熱情相應，伸手扯開李欣的上衣，露出裡面的胸罩，又脫掉她的短裙，露出其下的蕾絲低腰內褲。

　　兩人站在那裡熱吻，陳玲亮卻突然發動攻勢，推著半裸的李欣往後退，後者才退一步就撞在什麼人身上，也不知道是王立龍還是王立虎，只感到那人抱著她的身子，猛地拉掉胸罩，讓她豐挺的雙乳彈跳出來，開始肆意玩弄。她驚呼一聲，不自禁地出力掙扎，卻動彈不得，而在此同時，陳玲亮也被另一人從身後攔腰抱住，那人把她的洋裝從領口扯到腰間，同樣捏著她的乳尖，又開始啃她的後頸。

　　兩個男人動作一致，讓李欣感覺自己似乎是對著鏡子和人做愛，又像是在看逼真無比的性愛光碟，自己竟也成了其中的演員。她感到自己被身後那人粗壯的雙手亂摸亂抓，那男性特有的霸道和熱力讓她全身麻軟，嬌喘連連，而她越是扭動掙扎，那人越是粗暴，下身硬鼓鼓地抵著她的臀部，似乎等不及要狠狠插入她。她看著陳玲亮同樣被身後的男人玩弄，那人一手攬著她的豐乳揉捏。另一手伸到她雙腿之間摸索，她也在用力掙扎，臉上卻是享受而放蕩的表情，讓李欣懷疑自己是否也露出了同樣的神色。

李欣身後那人把她推到沙發背後，強迫她彎腰趴在那裡，用力撐開她的雙腿，然後一手把她的雙腕箍在身後，另一手扯下她的內褲，就這樣開始從後面幹她。李欣感受著他的力道，轉頭看陳玲亮，只見後者也大張著雙腿，被身後的男人插得全身抖動，低聲呻吟。李欣體內的快感逐漸增生，身後那人似乎也感受到她的興奮，更增加了抽插陰莖的速度和力道，她不禁閉緊眼睛，叫出聲來，同時也聽見了陳玲亮的浪叫聲。

沒過多久，李欣達到高潮，身子還在愉悅地顫抖，就感到身後那人把硬挺燙熱的肉棒抽出她的陰道，立刻翻過她的身子，抱著她的臀部，再次從正面插入。她癱軟地後仰在沙發背上，懸垂著雙臂，閉著眼睛體驗那持續的快感，聽著那人下體撞擊她陰部的聲音，卻不免有些納悶，好像許久沒有聽見陳玲亮的聲音。

她睜眼看去，只見陳玲亮被她身後的男人摀緊了嘴，被他在後頸又舔又咬，他的另一手按著她的下腹，讓她貼緊自己，他的陰莖猛力在她的肛門部位插縮。那就是所謂的肛交了吧。李欣自己沒有體驗過肛交，雖然和志傑一起在光碟裡看過，卻因為難度似乎太高而還不敢嘗試，只是被他在那裡摸了個透撤，搞清楚「地形」而已。此刻她看陳玲亮雙眼緊閉，似乎在忍受強烈的痛楚，卻也可以說是在享受極度的快感，不禁悠然神往，決定回家後就和老公實踐一下。

李欣心裡雪亮，知道陳玲亮很清楚這個做了五年人妻卻才剛對性愛開竅的好朋友沒有肛交的經驗，判斷她只會樂意和自家丈夫身體力行，不願把這機會讓給外人，於是就自己表現給她看，讓她有個了解，不禁十分感動。她看著陳玲亮被插了許久，終於開始陶醉地呻吟，便又對那無比的耐力感到欽羨。

　　李欣再次達到高潮，仰躺在沙發背上喘息，卻又被王立龍（或王立虎）拉起來，扛在肩膀上，直接了當地進了陳玲亮的臥室，四平八穩地放倒在那張舒適的大床上。他壓在她身上，把她的雙臂固定在頭頂，隨即開始舔咬她的乳尖，同時撐開她的雙腿，用手掌愛撫她的陰道，保持那裡的濕潤和敏感。沒過多久，王立虎（或王立龍）抱著陳玲亮也進來了，輕輕把她放在李欣身邊。

　　李欣正想招呼陳玲亮，後者卻主動俯身過來親吻她，兩兄弟中的一人隨即從床頭櫃的抽屜拿了陰道球，塞到陳玲亮體內，按下開關，她便全身抽搐起來，開始舔舐著李欣的乳房和小腹。而在此同時，兄弟倆分別站到床的兩側，一個把李欣的手拉開，用自己的雙膝牢牢壓住，另一個把她的雙腿拉開，同樣用膝蓋穩穩地撐著，讓她的腿無法闔攏。李欣就這樣雙腿大張，無法動彈，只是呻吟著享受陳玲亮的愛撫。

　　陳玲亮高潮陣陣，顫抖著吸吮李欣的乳房，兩兄弟也展開動作，兩根粗硬挺直的陰莖同時插入她的陰道和嘴裡，也同樣有力地抽插起來。李欣全身上下三處被襲，嗚嗚地叫不出來，只覺得一陣天旋地轉，整個人淹沒在快感的狂潮裡。她用力扭動身子，陳玲亮卻牢牢地按著她，開始輕咬她的乳尖，她嘴裡的那根陰莖直頂到喉間，每次插入都讓她感到一陣窒息，陰道裡的那根肉棒則猛烈地脫出又插入，脫出又插入，讓她欲仙欲死，卻實在是不能掙扎半分，只能無助地面對劇烈的高潮襲來，讓她幾乎昏死過去。兩兄弟緊接著交換了位置，李欣略得喘息，不禁開口向陳玲亮求饒，後者卻又經歷高潮，張嘴咬住她的乳尖拉扯，同時兩兄弟再度開始進攻，讓她陷溺在色慾的漩渦裡，無法自拔……

　　不知道過了多久，兩兄弟才放開李欣，讓她靠坐在床頭，轉而對陳玲亮展開最後一輪進攻。李欣喘息不已，看著兩個男人把此時已經因為無數次高潮而全身癱軟的陳玲亮拉到床中央，把她的右手腕和右足踝綁在一起，左手腕和左足踝也同樣綁住，然後撐開她的大腿，這才掏出濕淋淋的陰道球，一人把頭湊到她雙腿之間，開始吸吮她的陰唇和陰蒂，讓她陶醉地搖頭呻吟，另一人拿著自己的陰莖在她臉上摩擦，時不時又插入她口中，她便仰頭舔舐那依然堅挺的肉棒。兩兄弟隨即並排站著，開始輪流操著陳玲亮，一個把她操到高潮了，另一個又接著操，她扭動著身子，發出動人心弦的浪叫聲，表達自己的無比爽暢。李欣看得心驚膽跳，覺得這三人都好厲害，自己和志傑顯然還有許多東西要學……

到最後，兩兄弟在陳玲亮的首肯之下離開了，李欣這才俯身過來親吻著她，又在床頭櫃的抽屜找到潤滑油，輕輕給她按摩被兩人操得又紅又腫的陰部。過了許久，陳玲亮恢復過來，李欣給她解開綑綁，兩人便相擁地躺在那裡。

第二十二章

「我讓他們對妳不要太粗暴，希望妳不要介意。」

「嗯，還好，滿過癮的。」李欣先前在廚房冰箱裡找到一碗葡萄，此時剝好一顆，餵陳玲亮吃著。「妳都是這樣和他們做愛的嗎？」

「是啊。」陳玲亮閉著眼睛享受冰葡萄。「妳可以說，他們是我的性愛玩具。」

「妳真是交遊滿天下，竟然找得到這麼多人才。」李欣搖頭讚嘆。

陳玲亮睜開眼睛，望著天花板。「妳想想看，在我們這座城市，每個人的家裡都有一個獨特的故事，有的歡喜，有的悲傷，有的精彩，有的失落。我只是運氣好，能碰到一些志同道合的朋友，他們幫我忘記過去的傷痛，重新迎接人生，也讓我在老公死後一點也不孤單，反而每天都能盡興地活著享受生命。」

李欣和她分吃著葡萄，靜靜分享著她的心事。

過了好一會兒，陳玲亮才再度開口。「我偶爾想到過去的時候會和他們兩個做愛，因為他們蠻強有力，又能持久，讓我想到當初自己被強暴的痛苦，而奇怪的是，這反而能提醒我不要受那些回憶折磨，凡事都要往前看，往好處想。」她下無意識地摸著自己乳頭周圍的疤痕，李欣便伸手握住她的，感受著她的細膩溫暖。「當然，我很信任他們能掌握分寸，他們也知道我的限度，不至於真的蹂躪或虐待我。我們都習慣了彼此，所以他們只得一天到晚想新花樣來取悅我，就只差沒有要我做他們兄弟倆的老婆了。」她坦率地看著身邊的好友。「他們兩個一起上，動作又比較粗野，這和妳過去想像自己被強暴，有什麼相似或不同的體驗？」

李欣思索著，沒有立刻回答。她想到自己的初夜，那樣乍然受到志傑的蠻橫攻擊，的確有一點被強暴的感覺，而剛開始每天被他綁著猛力做愛，無論從正面或後面來，也確實有不少被強迫的快感。這次被兩兄弟夾攻，雖然心裡多少有準備，自己在性愛方面也不再是吳下阿蒙，在技巧和耐力方面都有不少長進，在最初被襲擊的時候依然會心慌意亂，主要是不知道接下來會有什麼樣的發展，萬一真被強暴就糟糕了。然而她全心全意信任陳玲亮，也知道這個好朋友看人極準，絕對不會讓她受到任何委屈，所以能放心地享受各種各樣的粗暴。老實說，比較起志傑過去和現在的一些手段，兩兄弟的表現其實滿普通的，只是加倍而已。

她說了這些感受，陳玲亮便讚許地點著頭。「妳說的沒錯，關鍵就在於『放心』這兩個字，但不只是對自己的性愛對象放心，也要把自己的心放到性愛過程之中。妳現在的心只在老公那裡，當然就不覺得他們兩人有多特別，而妳過去對老公不滿意，也是因為妳覺得他在做愛的時候沒有把妳放在心裡，只專注在妳的肉體上。現在妳經歷過其他男人，足以再次全心投入和老公的性愛，自然也再度掌握了他的心，今後可不要隨便鬆手啊。」

李欣為她這番期許而感動萬分，細細思索話中真意。她突然想到，自己和其他女人都對梁恆生讚譽有加，經常回味他那輝煌燦爛的性愛技巧，大概也是因為他在做愛過程中全心投入，也能真心欣賞每一個女體的獨特。陳玲亮很同意她的看法。

「那妳呢？妳的心放在哪裡？」李欣過了一會兒又問。

陳玲亮笑了，在她的鼻頭吻了一下。「現在當然在妳這裡，至於將來，誰知道呢？我不打算刻意追求什麼，一切隨緣，如果真的碰到好男人，我當然不會錯過，但如果我一輩子必須單身，也不會有什麼遺憾或缺失，因為我朋友多嘛。」

李欣有些惋惜地想到自己決定不接觸那許多形形色色的朋友了，卻不後悔自己的選擇，也知道陳玲亮不會介意，反而會予以尊重和祝福。每個人都因為自己的個性和風格不同而走上迥異的人生道路，這非常自然，沒有任何比較或評判的必要，但是一旦出發了，就要好好把這條路走完，負擔起必要的責任和義務。陳玲亮說人妻就是要「先做人，才做妻」，李欣覺得自己今後的任務就是要把兩者同時做好，而且要和志傑一起進行。

　　陳玲亮彷彿探測到她的心思，突然冒出一句：「妳想和老公生孩子啦？」

　　「啊？」李欣愣了一下。「喔，我在想妳說的那句『先做人，才做妻』，所謂的『做人』確實也可以是製造小孩吧。我們沒有傳宗接代的壓力，我也還有幾年時間，只要在三十五歲之前懷孕生產，應該就不會有問題。」

　　「嗯，一般都說是這個年紀。」陳玲亮思索著。「我從小到大被灌輸的觀念都一樣，認為生兒育女是婚姻的必要部份，林山崗大概也是這樣想，所以才在強暴我之後又和我結婚，以便於在播種之後收割。我認為，他到死都不能滿足這個願望，當然是他倒霉，卻也是我的運氣。要是我真給他生了孩子，不管是男是女，我大概都會因為老公是混蛋而永遠不會愛他們吧。」

　　陳玲亮沈默了好一會兒，又開了口：「生養孩子實在是一項艱鉅的挑戰，單身女人是絕對做不到的，但如果夫妻兩人同心協力，家庭環境又和諧，那確實會是人生的一大樂趣。妳如果決定要生，我到時候一定會全力支持。」

　　李欣非常感動，卻沒有說什麼，因為兩個好朋友之間已經不再需要言語，彼此都能體會對方的心意。她們握著手，並排躺著，享受著此刻的溫馨，當真是名副其實的「閨蜜」。回思過往，展望未來，明天又會發生什麼事呢？

第二十三章

　　光陰似箭，日月如梭，轉眼間——

　　李欣躺在床上喘著大氣，想到小學作文常寫的這句話，不禁恨得牙癢癢的。她陣痛已經八個小時了，時間彷彿整個慢下來，高興時才爬兩步，讓人苦等，而寶寶卻好整以暇地躲在她體內，不肯探頭出來見人，更遑論是「做人」了。志傑在旁邊握著她的手，一會兒給她擰毛巾擦身子，一會兒又給她倒茶水攏枕頭，弄得滿頭大汗。李欣看他比自己還緊張，趕他去醫院樓下的餐廳吃點東西，鬆口氣，他卻固執地不肯離開。

　　「所謂的『莫非定律』就是這樣，我要是想偷懶抽空離開，就算只是短短的五分鐘，寶寶也必定會選在那一刻出生，我不就錯過了嗎。」志傑引經據典地信誓旦旦。

　　「那你就去躲在門後面，不要真的離開，只要讓寶寶以為你不在旁邊，他或她就會乘機出來，剛好被你逮個正著，也可以省下我不少力氣啊。」李欣感到陣痛又一次襲來，倒也不是真痛，只是下身酸軟抽搐得難受，就好像跑過幾百公里的馬拉松似的。

　　「不行不行，寶寶很聰明，才不會上我的當。」志傑只是搖頭。

　　「你這個傻小子，啊——」這不是李欣在崇拜老公，而是她的羊水破了，身下濕得一蹋糊塗，而她竟然還有時間思索，此濕非彼濕也，正想偷笑，體內的寶寶卻在那一刻下定決心，終於想出來見見世面了，她開始真的感到痛楚，強度迅速增加，讓她齜牙咧嘴起來，膀胱也逐漸感到壓力，就好像要上廁所那樣。

　　「啊——啊——」李欣開始鬼哭神嚎，聲音大到實在很不好意思，卻管不了那麼多了。

　　「接生婆吶？我該找臉盆準備熱水嗎？來人哪——」志傑也慌得胡言亂語起來。

　　醫生帶著護士們進來了，產房裡一陣兵荒馬亂，頗有鑼鼓喧天的氣勢，幸好也是「踏破鐵鞋無覓處，得來全不費功夫」，醫生大概連口罩和手套都還沒戴好，寶寶就順利出生了，聲音響亮地哇哇啼哭，手腳亂揮，像隻八爪章魚那樣被放在李欣胸前。

志傑左看右看，然後像發現新大陸那樣歡喜地叫起來：「老婆妳真棒，是個胖小子呢！」

李欣疲累不堪，此刻也露出欣慰的笑容。自她懷孕以來，夫妻倆就一直不想知道寶寶的性別，連未來的嬰兒房都漆成中性的淡綠色，小衣服小鞋襪也都買男女適用的式樣。

醫生給寶寶剪了臍帶，又誇李欣表現良好，說是從來沒看過這樣順利迅捷的生產，既沒有用笑氣麻醉，事後也無須縫補什麼撕裂的傷口，想必她之前的幾次產前檢查都乖乖遵照指示，在體能和肌肉方面有所鍛鍊。

志傑輕輕把寶寶抱在懷裡，看著那皺巴巴的小臉，大聲回嘴：「才不是呢，是我們每天都上床，經年累月地習慣了——」話沒說完就被李欣揍了一拳。

醫生和護士們笑著離開了，一家三口才心滿意足地擁在一起。李欣看著喜氣洋洋的丈夫和包裹成肉粽的兒子，他那圓滾滾胖嘟嘟的可愛模樣，不禁覺得人生真是「婦」復何求。真的，自她開始享受做人妻的日子以來，兩人在家裡確實是每天盡興，這箇中細節當然不必詳述，兩人卻都因此而身強體健，肌肉結實，每天神采奕奕，連陳玲亮都笑說她這個女人真是亮麗嫵媚，每天都給蔬果店吸引了不少顧客，也都是醉翁之意不在酒的丈夫和爸爸們。而在她懷孕之後，身體其實沒胖多少，只是挺了個小圓肚子，夫妻倆的性事不再激烈，卻依然每天溫存。志傑最喜歡愛撫她隆起的肚腹，說她依然曲線玲瓏，只是婀娜起伏的地點不同。他會聽著寶寶在她肚子裡揮拳抬腿的聲音，又隔著她的肚皮，每個晚上都嘰嘰咕咕地和寶寶聊天，說爸爸媽媽有多愛他或她，有一次還被寶寶踢在鼻子上，弄得兩人笑了好久。

孩子生了，陳玲亮送了份大禮，是個足足有十二兩重的金牌。她到醫院探望李欣的時候還帶了其他人送的禮物，包括來自梁恆生的一瓶昂貴香檳和一對水晶玻璃高腳酒杯，以及王立龍、王立虎準備的三大包初生嬰兒專用尿布，兄弟倆顯然是沒有經驗，不知道送什麼才好，便挑了最基本的必要用品。志傑正在說李欣和陳玲亮怎麼有這麼多好朋友，讓他和兒子也跟著沾光，哪天要來好好認識一下，親自謝謝他們的好意，陳玲亮便塞給他一個包裹，說是她的另外兩個朋友專門要送給他的。志傑打開一看，原來是他許久以前留在陳玲亮家裡的領帶和皮帶，當時用它們把趙文馨、趙文怡兩姐妹捆了個結結實實，想必後來是陳玲亮給她們鬆綁的，不禁面紅耳赤，吶吶地說不出話來，讓李欣和陳玲亮笑得肚子都痛了。

等兒子滿月了，李欣和志傑準備在家裡小小慶祝一下，特別想請陳玲亮這個乾媽出席，後者卻說自己有了個乾兒子，當然要出力，便慷慨地在住處為他們一家三口開了個派對，請了自己的兩個女性朋友和志傑相熟的三個男性同事作陪，男女各為四人，外加個人事不解的小嬰兒。李欣看得有趣，便私下對志傑說，這安排頗有性愛遊戲的味道，要他叮嚀同事做好準備。志傑這幾年來對陳玲亮的作風也略有了解，便去和同事說了，三人瞠目結舌，面面相覷，卻也沒有道貌岸然地抽身離開。李欣知道陳玲亮很清楚這個好朋友會代為處理停當，便也沒有對她提。

陳玲亮叫了一桌好菜，又開了兩瓶陳年葡萄酒，大家杯觥交錯，笑語喧嘩，賓主盡歡。陳玲亮的兩個朋友果然頗有姿色，身材豐滿，伶俐大方，讓志傑的三個同事看得目不轉睛，而做主人的陳玲亮更是出眾，一雙美腿在短裙下顯得修長細緻，一對豪乳在低胸恤衫內呼之欲出。志傑在廚房幫忙李欣準備飯後甜點時悄悄對她說，他自己都被這三個美女弄得有些醺醺然了，李欣便打趣說，他那三個同事也都是一表人才，英俊瀟灑，但不知在上場時能否真槍實彈，弄得志傑有些緊張，她這才笑著用一個熱吻讓他放心。

好不容易吃完甜點，八個人之中倒有六個心不在焉，李欣便說要給孩子餵乳，就對老公使了個眼色，讓他陪著進了陳玲亮給夫妻倆準備好的房間，也就是她自己的臥室。志傑左右張望，說這房間有多麼整潔舒適，套間的浴室又有多麼寬敞，各種設備應有盡有，李欣則想，你不知道的設備還多著呢。她把孩子放入攜帶式的嬰兒床，哄著他睡了，自己望著那張大床，想到過去和陳玲亮在這床上床下、裡裡外外度過的種種歡樂時光，不禁感慨萬千，又感激她為自己所做的一切，讓她得以和志傑性事和諧，婚姻圓滿。尋思至此，她不免把志傑拉到床上，兩人寬衣解帶，互相依偎，同時側耳聽著房外六人的動靜。

隱約聽見陳玲亮大聲宣佈飯後的餘興節目正式開始，共分為三段，每段三小時，時間到了就回到餐廳來換人，要大家把握良機，不要虛度良宵，事後在她那裡補睡多久都沒問題。三位男士隨即交出自己的車鑰匙，放在餐桌上，然後背過身子，讓三位女士隨意挑選。過了半晌，又聽見陳玲亮的兩個朋友都挑好了自己的第一個對象，也都進了場，卻不知陳玲亮選了誰，又會在餐廳或客廳行事，畢竟這裡只有三房兩廳呀。李欣和志傑也開始歡愛，只是默不作聲，免得吵醒孩子。她讓他伸指摩擦自己陰唇之間的縫隙，又感受他舔舐自己的乳房，讓乳尖堅挺起來，隨即伸手去愛撫他的陰莖，體驗著他的勇健。兩人耳鬢廝磨，只羨鴛鴦不羨仙，李欣不禁在心中暗暗祝禱：希望天下有情人終成眷屬，所有的夫妻也都能幸福一生。

——《人妻夢迴》全書完——

《人妻夢迴》

作者介紹

　　南方客，現居澳大利亞，向來喜好寫作，把周遭普通的人事物轉化成離奇難解的小說情節，自娛也娛人。

　　請參考南方客的其他作品：

<u>請至下列管道購書</u>

中文電子書及紙本書

http://www.ebookdynasty.net/Fiction/WifeCoach/indexTC.html

《人妻夢迴》

《人妻夢迴》

作者問答一（2013 年五月）

問：請您簡述一下自己的創作歷程？您覺得自己為什麼要創作？

答：我從年輕時就很喜歡寫各種文藝故事，但從來沒有出版過，也不以為自己在創作方面有多少才能，只是一種興趣而已。後來移居到澳大利亞，在這裡的華人社群中看到不少精彩故事，有些甚至可以說是到了驚心動魄的程度，不禁覺得，能把它們寫下來，一定會是一件很有意義的事，算是對於時代大環境的一種見證吧。

問：您覺得，就文學作品而言，對您影響比較深的有哪些作家？

答：我喜歡看小人物在大時代環境中掙扎求生存的故事，透過這些平凡人的喜怒愛怨，悲歡離合，看出時代和環境轉變的特色。就比較古典的作品來說，我喜歡《三國演義》和《水滸傳》。如果是現代作品，在華人方面，我喜歡龍應台和余秋雨，在澳大利亞這裡，我喜歡的是不久之前才去世的布萊思.寇特內 (Bryce Courtenay)。

問：您目前已經出版了情色小說《人妻教練》的中文電子書和紙本書。您在這部作品中想要表達的是什麼？

答：「情色小說」這個詞好像很容易讓人誤解，但是，你可以專寫色，也可以在寫色的過程中探討情的本質，我覺得這兩者之間有很大的不同。當然我也並不是說自己比別人都要清高，但是在《人妻教練》這本書中，我想寫的是來自中國的女性移民在澳大利亞求生的故事，她們有自己的希望和願景，也是善良而正直的，願意努力工作以達成自己的目標，真正存心取巧、走捷徑、欺瞞詐騙的人反而很少。因此，如果有人能幫她們一把，未嘗不是一件美事。

我同時想探討性和婚姻之間的關係，特別是華人女性對於這兩件事的看法（不只是中國女性，也可以延伸到其他文化族群中的女性）。我覺得華人女性在這兩件事上的角色，多多少少都是受到社會界定的，特別是受到以男性為主導的各種思想和行為所影響。因此華人女性需要深切思考自己到底需要什麼，想追求什麼，又要如何界定和衡量自己的目標。而在這過程中，同樣的，如果有人能提供一臂之力，讓她們能從各種不同的角度來看事情，那也是好的。

問：您覺得就情色小說的形式而言，作者在建構情節、塑造人物、乃至於經營意境時，應該注意什麼事？

答：我研究過不少情色小說，老實說，內容都很陳腔濫調，女性都是柔弱而受苦受難的對象，男性則要不是拯救女性於苦難的英雄，就是用暴力手段欺凌女性的邪惡壞蛋。因此我覺得，在建構情節和塑造人物方面，必須能脫離這樣的俗套，別出心裁地創造新局。當然我也不是說自己有多優秀，只是我自己想達到的一個目標而已。

在經營意境方面，我覺得情色小說不管是寫情還是寫色，都要寫得美，有感覺，有意義，而不只是單純的體能動作或口語表達。同樣的，這只是我自己想達到的目標，不能強加在他人身上。

問：您在創作上有遇到困難嗎？如何克服？

答：創作不是一件容易的事，我不知道其他作家的情況如何，但是我自己經常面對的問題是，心裡有很多想法，卻不知道如何找到適當的文句，按部就班地表達出來。碰到這種狀況，我通常都會停筆，讓思路自己去想辦法解決問題。有時候腦筋放輕鬆，過了幾天或幾個星期，問題自己就能豁然貫通了。我想，這可能是創作不能承受壓力的課題吧。

問：您認為，在創作情色小說方面，最困難的步驟是什麼？

答：就像我上面說的，不管是寫什麼內容，最重要也最困難的就是要寫得美，要有意義，而不只是單純湊字數或用聲色犬馬打混。美不一定要是矇矓精緻的文句。美可以很實在，很平凡。但是美絕對不是故意的醜惡或做作，而這也正是困難之處。或許美就是真誠吧。

問：如果有人向您請教應該如何創作小說，您會提供什麼建議？

答：只管放手去寫，寫完以後才去想「如何，如何」的問題。

問：您覺得以目前市面上的情色文學作品而言，最想看到哪些方面有更進一步的發展與推廣？例如文字，情節，風格或主旨？

答：就像我上面說的，目前市面上的許多作品在文字和情節上都充滿了陳腔濫調，主旨也很狹窄，更說不上風格。我自己希望能透過寫色來探討情，就像《紅樓夢》或《金瓶梅》那樣。我覺得這是值得推廣的一種想法。

問：您覺得就作者而言，透過電子書形式的出版有什麼利與弊？

答：這樣說吧，如果沒有電子書，像《人妻教練》這種作品可能很難有機會被一般出版社接受，倒不是這個故事不好，而是市場上的優秀作家太多了，大家都想在傳統出版環境中脫穎而出，卻都是擠破頭也沒有人注意，因此電子書可以說是提供了另一個出版的管道。至於缺點，我覺得主要就是目前有心接觸電子書的讀者還不多，因此你絕對不能想靠出版電子書賺錢吃飯。至於這個狀況將來會不會改變？我不知道。我只管繼續創作就是了，儘管我當然也希望自己的作品能賣錢。

《人妻夢迴》

作者問答二（2021 年五月）

問：您在 2012 年七月出版《人妻教練》中文電子書和紙本書，到現在已經將近九年了，終於又出版《人妻夢迴》中文電子書和紙本書，在兩部作品之間的心情轉折如何？

答：當初寫《人妻教練》，主要是想描述來自中國的女性移民在海外求生的故事，也是我自己在澳大利亞的華人社群中看到的一些故事。我也想探討性和婚姻之間的關係，特別是華人女性在這兩方面的看法，以及和西方男性看法的對照。當然這些敘述的觀點有些狹窄，因為我不可能認識世界上的每一個人，只是就自己的見聞和想法而寫。我們的真實生活其實太豐富也太複雜，值得寫的故事可多了。

這次寫《人妻夢迴》，挑的是特定的華人社群，雖然寫的是普通家庭，這「普通」卻是一點也不平凡，牽涉到的各種人物也可以說是輝煌燦爛。我當然想繼續探討性和婚姻之間的關係，卻選擇從女性的角度來寫，特別是主角和最重要的配角都是女性，不像《人妻教練》那樣採取外人而且是男性的角度來書寫。

問：那，您在《人妻夢迴》這部作品中想表達什麼？

答：上次接受你們採訪的時候，我提到自己認為華人女性在性和婚姻方面都受到社會界定，也都受到以男性為主導的各種思想和行為所影響。我依然認為華人女性，或者應該說是所有的女性，都應該深切思考自己需要什麼，渴望什麼，如何界定目標，如何採取行動追求，又如何衡量成果。當然男性也是如此，但女性因為表達自己的機會比男性少，一般也得不到什麼話語權，更經常苦於「直男癌」的問題，所以在《人妻夢迴》這本書中特別想讓女性發聲。

我另外想寫的是女性之間的深厚情誼，這在《人妻教練》書中略有提到，在《人妻夢迴》書中則表達得更好了一點。

問：您在這第二本書中有特別喜歡的人物嗎？

答：我好像應該說自己最喜歡梁恆生這個角色吧，因為他不但「壯觀」，更是痴情，而女性似乎都喜歡痴情的男人。但是我特別喜歡的還是陳玲亮這個人物，她在慷慨豪爽的同時又無比心細而體貼，受過苦楚而能卓然出眾，像鳳凰那樣。我非常希望，無論是男性或女性讀者都能喜歡她。

問：接下來這個問題是幫一位同事問的。請問李欣和志傑的兒子怎麼沒有取名字？

答：要我老實說嗎？好吧，孩子沒有取名，是因為我左思右想也找不到合適的名字。最理所當然的名字當然是「小志」或「小傑」，因為爸爸的名字是「志傑」嘛。但是《人妻教練》書中的澳大利亞農場主人叫傑克，兒子就順便叫「小傑」，所以不能用在《人妻夢迴》這本書裡了。

問：您寫這第二本書，是否有受到大環境的影響？

答：你指的是影響全球的新冠肺炎吧？其實這本書主要都是在 2020 年寫成的，澳大利亞這裡，特別是我住的城市封鎖得相當厲害，不知道別人如何適應，至少我自己在家裡關得要發瘋了，只好打開電腦，把自己有過的一些想法透過故事寫出來。我覺得在那樣封鎖的環境裡，人與人之間為了保持安全而不怎麼接觸，所以會特別希望有表達的機會和管道。

問：所以，這本書好像文字比較直白，作為情色小說，也很有「色彩」？

答：嗯，確實是這樣。我刻意讓文字直白，自己寫起來有些彆扭，這種東西也不能找人問，不知道別人都是怎麼用字遣詞，只是在自己參考過的一些情色文學作品中觀察到一些細節而已。我剛開始沒有想讓李欣這樣「身經百戰」，但是寫著寫著，許多人物都有他們自己的心態發展，似乎也掌握了故事的轉折，而我身為作者，只是讓他們有盡情探索自己心態和行為的機會而已。只不過，寫陳玲亮被強暴，之後又得嫁給強暴自己的人，確實很難受，覺得虧待了她，但她這樣傑出的女人真的是在故事中走出了自己的一條路。

問：您若是再出版一本以人妻為主題的書，就可以湊成「人妻三部曲」了，有沒有這樣的打算？

答：確實有，但是我好像應該在這裡賣個關子，請讀者拭目以待？反正書名一定以「人妻」二字開頭就是了。

問：您覺得電子書和紙本書的創作與出版，兩者之間有什麼差別？

答：我當初寫《人妻教練》，給你們出版社的是手稿，大概讓你們打字打得很辛苦，我自己寫得也手酸。後來書出版了，承你們推廣，先是電子書，然後是紙本書，對我來說其實差不多，因為我沒有實際經歷過出版過程。

這次寫《人妻夢迴》，進步到可以用電腦打字了，也可以直接把檔案交給你們，更可以參與整個出版過程，決定封面設計啊，售價啊，還可以定期收到銷售報告，看看有來自哪個地區的讀者透過哪個管道買了書，相當過癮。我覺得許多讀者都還是喜歡紙本書，我自己也是這樣，但是，如果看電子書，手裡拿的是平板電腦或電子書閱讀器，所以無論看什麼讓人臉紅心跳的內容，別人都無法得知，顯然就比看紙本書要容易，至少我自己在研究過程中是這樣覺得，比較坦然自在，不必偷偷摸摸，怕別人因為書的封面設計或書名曖昧而以為我是個大色狼。當然這是指情色作品，如果是看其他文學或非文學書籍就不一樣了，那才等不及要愛現在眾人面前呢。

問：最後，您希望廣大華人讀者對您的作品，以及您這位作者，有什麼看法？

答：我覺得讀者對作者本人不必有什麼特別的看法，只要喜歡作品就好。我希望我的作品能讓讀者思索一些東西，不管那是什麼，而就算讀者把我的作品單純當作娛樂，所謂「自娛也娛人」，我也很高興。在這裡要真心感謝大家讀我的書。

《人妻夢迴》